JN178607

かくりよの宿飯　八
あやかしお宿が町おこしします。

友麻　碧

富士見Ｌ文庫

目次

かくりよの宿飯 登場人物紹介

天神屋

あやかしの棲まう世界"隠世《かくりよ》"の北東に位置する老舗旅館。
鬼神の采配のもと、多くのあやかしたちで賑わい、
稀に人間も訪れる。

大旦那《おおだんな》

隠世の老舗宿「天神屋」の大旦那で、多くのあやかしの尊敬を集める鬼神。葵を嫁入りさせようとしたが、真意は見せないまま、彼女の言動を見守っている。

津場木《つばき》 葵《あおい》

祖父の借金のカタとして「天神屋」へ攫われてきた女子大生。大旦那への嫁入りを拒み、持ち前の料理の腕で食事処「夕がお」を切り盛りしている。

雪女
仲居 お涼

土蜘蛛
番頭 暁

九尾の狐
若旦那 銀次

白沢《はくたく》
お帳場長 白夜

化け狸
春日

手鞠《てまり》河童《かっぱ》
チビ

折尾屋

南の地で営まれる、天神屋のライバル宿。

天狗
葉鳥

狛犬
旦那頭 乱丸

かくりよの宿屋に泊まりけり
――津場木史郎

絵：Laruha

開幕　春日とキヨ（一）

ここは隠世《かくりよ》。

北の地にある、八葉《はちよう》の拠点・氷里城《ひょうりじょう》。

あたしは冷たくなった手に息を吹きかけ、氷里城の大廊下の氷の窓から外を見ていた。

晴れることのない、この雪雲で閉ざされた空を。

「今日も空は灰色……」

「春日《かすが》、体調はもういいのかい」

「……キヨ」

そう、あたしの名は春日。

あたしに体調のことを尋ねたのは、北の地の八葉となった城主・キヨだ。

氷のように透明感のある髪を持ち、雪のように白い肌を持つ。

どこか儚《はかな》げな容姿をした少年城主。

「へーきへーき。あんなのちょっとした風邪《かぜ》だよ。文門《ぶんもん》の地《ち》から持ってきた風邪薬飲んで

「一晩寝たら治っちゃった」

あたしは目一杯の笑顔だったが、キヨは眉根《まゆね》を寄せた、険しい表情のまま。

城主の証《あかし》である氷の錫杖《しゃくじょう》を持ち、少し離れた場所で足を止めて、キヨは同じ灰色の空を見上げた。

あたしはちょっと前まで天神屋《てんじんや》の仲居だった。でも隠世の右大臣の娘という立場でもあったから、天神屋を辞めて、キヨの下に嫁いできたんだ。

「春日、もうすぐ天神屋の方々がいらっしゃるよ」

「知ってるよ。そういう流れになるんじゃないかなって、予感してたから」

「嬉《うれ》しそうだね」

キヨは苦笑しながらも、どこか伏し目がち。あたしをまっすぐには見てくれない。

「君は、僕をさぞ憎んでいることだろうね。天神屋から、こんなに寒く何もない、君にとっては生きるのも大変な土地に連れてきてしまった。僕の、北の地の都合のせいで」

「どうしてそんなこと言うの？　あたしは自分でキヨに嫁ぐって決めたんだよ」

「…………」

あたしはキヨの抱える悩みを解決する手助けをしてあげたい。

だけどキヨは、あたしを巻き込まないよう、一人で全てを背負い込んでいる。

北の地の腐敗も、課題も、全部。

憂いばかりを溜《た》め込んで、途方に暮れて、寂しそうに微笑んでいる。

「大丈夫。きっと天神屋のみんなが、キヨの味方になってくれるよ」

だからあたしは、キヨが横を通り過ぎる間際に、ぼそっと囁《ささや》く。

キヨはあたしを流し目で見ただけで、何も答えず行ってしまった。


北の地は、険しい峰と、雪と氷に閉ざされた灰色の土地だ。

この地に住む氷人族《ひょうじんぞく》は、かつて一つの国家を築いて栄華を極めたはずだったが、今は著しく進歩を遂げる隠世の発展と経済の流れに置いていかれて、衰退の一途を辿《たど》っている。

ただでさえ、長い冬に支配される、生きていくのに厳しい土地である。

新しく北の地の八葉に選ばれたキヨは、この地にかつての繁栄を取り戻すべく、策を巡らせ動いている。しかし、まだ八葉になったばかりで、周りには敵か味方かも分からない連中ばかり。キヨには、かなり荷が重すぎる役目でもある。


だからこそ、あたしはキヨの力になりたいのに……

あたしはまだ、何もできていない。

キヨもあたしのことを、本気で受け入れてはいないみたいだ。

第一話　狐と狸のお使い

「うう……っ、寒い」

私、津場木《つばき》葵《あおい》は、ブルッと身震いする自らの体をさすった。

折尾屋《おりおや》の宙船《そらふね》・青蘭丸《せいらんまる》の船室にいるのに、かなりの寒さを感じる。

「葵さん、ここから先は北の地の領域です。ますます寒くなるのでこちらを着てください」

天神屋《てんじんや》の、九尾の狐の若旦那《わかだんな》・銀次《ぎんじ》さんが持ってきてくれたものは、不思議な模様が刺《し》繍《しゅう》された着物と、毛皮の上掛けだった。

「北の地の伝統的な衣装です。北の地で活動するのでしたら、この毛皮の上掛けが最適でしょう」

「わあ。内側の毛がモコモコで、とっても温かそう」

この寒さに耐えられそうにない私はホッとする。

「チビさんにもありますよ」

「わーいでしゅ、すっぽんぽんなので助かるでしゅ〜」

私の肩に落ち着いていたチビが、勢いよく銀次さんに飛びついた。

銀次さんはチビにも模様の入ったポンチョみたいなものを着せている。なんだかその様子が可愛らしく、微笑ましい。

「葵しゃん、どーでしゅかー？」

「可愛いじゃないチビ。テルテル坊主みたい」

普段から真っ裸でいるチビが、こうやって何かを纏《まと》っている姿は愛らしい。

「でもあんた、寒いと頭の上のお皿の水、凍《こお》っちゃうんじゃない？」

「あー。それは由々しき事態でしゅ〜。でもきっとどうにかなるでしゅ〜」

「由々しき事態とか言っておきながら、随分と余裕ぶってるわね」

適当なチビに、銀次さんは「こういうものもあります」と、小さな三角帽子を取り出す。

「もともと冬に河童《かっぱ》たちが使う防寒具の一つなのですが、手鞠河童《てまりかっぱ》用に、天神屋の地下工房で作っていただきました」

そして三角帽子をチビの頭のお皿にはめ込んで、ペットボトルのキャップのようにキュッキュッと回す。するとお皿にぴったりくっついて、チビがちょこまかと動いても外れない。

なに、この画期的な道具……

「では葵さん、お着替えののち甲板に来ていただけますか？　白夜《びゃくや》さんがお呼びですので」

「ええ。わかったわ」

着物と上掛け、そしてポンチョ姿のチビを抱えて、用意してもらっていた部屋でぱぱっと着替えを済ませた。

大きな鏡に映る姿は、いつもの抹茶色の着物とは随分と違う。

「模様が派手で、帯も柔らかくて細いものなのね。中に穿《は》くズボンもあって、動きやすそうでいいわ。雪国ならではの民族衣装という感じかしら。北の地は文化が独特って聞いたけれど」

興味深い。特にお料理が気になる。どのようなものがあるのだろうか。

チビが私の上掛けのポケットに飛び込むと、ちょこんと顔を出して「中がモコモコであったかいでしゅ〜」と嬉しそうにしている。

甲板に出てみると、今までとは違う空気の匂いにハッとした。

「わあ……っ、真っ白」

見えるのは、一面の銀世界。

隠世《かくりよ》に来て初めて見る雪だ。それもこんなに綺麗《きれい》に降り積もった雪景色である。

「ちょうど大きな峰を越えたところだ。気候ががらりと変わり、一気に雪国らしくなる」

お帳場長・白夜さんがこちらに歩み寄り、淡々とその景色を見下ろしている。

寒いからか愛用の扇子は閉じられたままで、自らを扇《あお》ぐ事もない。

「……というか白夜さん。白夜さんが色鮮やかな着物を着て、毛皮の上掛け羽織ってると、変な感じがするわね」

「やかましい。郷に入っては郷に従え、だ。それより葵君」

北の地仕様の白夜さんは、その閉じた扇子の先で私を指す。

ドキッとした。ご指名だなんて、嫌な予感がする。

「君と若旦那殿には、少々お使いを頼みたい」

「お使い？」

「ああ。途中で船から降りてもらうので、そのつもりで」

「えっ⁉ 私、この極寒の中、船から降ろされるの⁉」

白夜さんってばなんて手厳しいの……

妖都《ようと》では少しだけこの人の優しさや情を垣間《かいま》見た気がしていたのに、相変わらずだな。

今の白夜さんの表情は厳しく、お帳場にいる時よりずっと緊張感を保っているように見える。

私たちが向かっているのは、北の地の八葉《はちよう》の拠点、氷里城《ひょうりじょう》だ。

諸々《もろもろ》の駆け引きが必要になることを、覚悟してのことだろうか。

「葵君、知っているか。北の地の長とは、もともと一国の王だったという」

「王？　どういう事？　隠世の王様って、妖王《ようおう》様じゃないの？」

「隠世が今の妖王家によって統治される以前のことだ。険しい山脈に囲まれ、雪と氷と寒さに閉ざされた土地ゆえに、そこは長い間、一国家として成り立ち、独自の文化を築いていたのだ」

「だから、八葉の中でも特別で、妖都の宮中の影響力が及ばないってこと？」

「妖王の権威がこの北の地では響きにくい理由ではあろうな。それだけ、一族の長、すなわち氷里城に住まう〝城主〟の方が、氷人族にとって崇め讃《たた》え、従うべき存在であるのだ。特に前族長は、北の地を長い間治めていた、力と威厳のある八葉だった。しかしその者が病に臥《ふ》せって、長い間跡目が決まらなかったこともあり、北の地は治安も経済も不安定に陥っている」

「その話……以前、大旦那様と果実狩りに出かけた時に聞いたわね」

確か後継者争いが激化して、候補者がたくさん死んじゃったとかで、最終的に前族長の末の孫〝キヨ様〟に決まった。

北の地を安定させるため、天神屋の仲居だった春日《かすが》が、そのキヨ様に嫁入りしたのだった。春日は、北西の地・文門狸《ぶんもんたぬき》の八葉を祖母に持ち、隠世でも政治的に力を持つ右大臣の娘だったから。

「不安定とはいえ、これほど歴史と格式がある八葉は他にない。彼らを味方につけることができれば、北の地の氷人族全体を味方につけるようなもの。我々も中央に対抗する力を得るということになるだろう」

そうは言いつつも、白夜さんはじわじわと目を細める。

「しかしやはり……そう簡単にはいかないか」

「え？」

山の陰より、一隻の宙船が現れた。

宙船には黒い旗が掲げられており、それには氷の髑髏《どくろ》が描かれている。

「あれは……っ、北の地の空賊《くうぞく》です！」

「く、くうぞく!?」

確かに向こうの船の甲板では、いかにも極悪な風貌《ふうぼう》の男たちが、氷の剣を片手に舌なめずりをして目前の獲物を狙っている。

「積荷を置いて失《う》せな！」

「その最新型の宙船も俺たちのもんだ!!」

これまたいかにもな要求を突きつける。なんだか以前出会った山賊たちを思い出すなあ。

やはり北の地は治安が悪く、賊が力を持ってしまい、あちこちで悪行の限りを尽くしているのだ。

「ひいいっ、なにあれ、あいつら氷の大砲をこっちに向けているわよ！」

「零時の方向より攻撃だ！　備えろ！　空賊ごときに撃ち落とされるなよ！」

高い場所にいた折尾屋の旦那頭《だんながしら》・乱丸《らんまる》が、大声で折尾屋の船員たちに指示を出す。

やがて大砲の撃ち合いが始まってしまった。

あちこちで耳障りな砲撃音が響き、火薬のにおいが立ち込める。

「ちょ、ちょっちょっちょっ、どういう展開これ！　戦争⁉」

「葵さん、危険です！　しゃがんでください！」

銀次さんに覆われながらその場にしゃがむ。絶え間なく伝わってくるのは、砲撃による衝撃と、船体の大きな揺れと、船員たちの力強い掛け声。

しゃがんでいるので何も見えないが、大砲の玉がここに直撃したらどうなるんだろうかと、ヒヤヒヤしている。

「若旦那殿、丁度いい。この騒ぎに乗じて葵君を連れて行け。万が一、葵君が空賊に捕われることがあっては、我々も大旦那様に合わせる顔がないからな。それに……後の算段は分かっているな？」

白夜さんが床を這《は》いながらこちらにやってきて、銀次さんに何か命じている。

「ええ、承知しております白夜さん。……葵さん、行きますよ」

「こんな時に⁉」

「背に乗ってしっかり掴《つか》まってください！　振り落とされてはいけませんよ」

「えっ、わあっ⁉」

銀次さんは変化の煙を上げて、巨大な九尾の狐の姿となり、私の襟を咥《くわ》えてひょいとその背に乗せる。そして銀の流星の如く、宙船を飛び出す。

「何か逃げたぞ⁉」

「追え！　一人も逃がすな！」

荒々しい空賊のあやかしたちの声が聞こえたが、私はキツく目を瞑《つぶ》ったまま、銀次さんの背中に掴まっているだけでいっぱいいっぱい。

一方で、舞い上がる雪煙の中に吸い込まれても体が凍えていないことに気がついて、北の地の装束の防寒力は本当に優れているのだな……と感心していた。


巨大な九尾の狐は冬の風を切ってモミの木の林を駆け抜ける。

決して振り落とされないよう、私はその背に掴まっていた。

砲撃音も、もう聞こえない。最初は私たちを追いかけていた空賊の手下たちも、完全に引き離したようだ。

それほど速く遠くへと、銀次さんは流星のごとく駆けたのだ。

「葵さん、耳が冷たいでしょう。頭巾《ずきん》をかぶっていた方がいいと思います」

「あ、頭巾の存在忘れてたわ」

着ていた北の地の民族衣装の襟にくっついた、もふもふファー付き頭巾を、慌ててかぶった。

北の地の特別な装束のおかげで体は寒いとは感じないが、風に晒《さら》された顔だけは凍ってしまいそうなほど冷たい。ついてきていたチビがポケットから飛び出して、「狐しゃんの尻尾《しっぽ》の中最高でしゅ～」と一人だけあったかそうな場所に潜り込む。

「ねえ銀次さん。折尾屋の宙船は大丈夫かしら。もしかして、空賊の攻撃で墜落したりとか……っ」

「いいえ、それは無いでしょう。折尾屋の宙船・青蘭丸の戦闘能力は相当なものですから、空賊ごときの攻撃では落ちませんよ」

ハラハラしている私を、獣の瞳《ひとみ》でちらりと見てから、銀次さんは続ける。

「こういうことは事前に想定していたので、対応も迅速でした。致命的な損傷は避けているはずです。そもそもあの攻撃も、本気で船を沈めるためのものというよりは、脅しに近いものでした」

「やっぱり……北の地はあの手の連中が好き勝手にしているのね」

「ええ。統治する者に力がなければ、あのような者は簡単に湧いて出てきますから。しかしご安心ください。折尾屋の宙船は、予定通り氷里城を目指していると思いますよ。むしろ賊など全員捕らえて、氷里城の八葉への手土産にしているかも」

「あはは。乱丸と白夜さんなら……あり得るわね」

「あの二人、一見正反対に見えますけれど、実はかなり気が合うんじゃないかって思いますね……なんとなく」

う、うん。確かに。

あの二人がいるのだから、折尾屋の宙船は大丈夫そうだ。

ならば今、自分がどこへ向かっているのかが気になってくる。針葉樹の林は薄暗く、同じような景色がずっと続いている為、この先に何があるのか全く分からない。

「ところで銀次さん、白夜さんに頼まれているお使いって何？」

「急ぎ書簡を出したいのです」

「書簡？　お手紙ってこと？」

「ええ。この先で、書簡を直接手渡すことになっている者がいます」

ただ、銀次さんはそれ以上を教えてくれることはなかった。

とても大事なことのようだったので、私もそれ以上聞かない。

「どこへ行くの？」

「地下街道です。地上は一年の半分が雪と氷によって閉ざされる雪国であるがゆえに、地下街道が発達しています。その街道は北の地の中心部に繋《つな》がっているので、移動にも便利かと。林を抜けたあたりに入り口があるとのことです」

彼の言う通り、地下街道への入り口は林を抜けた先の、小さな塔にあった。

北の地はこのような塔を目印に、地下街道へと出入りできるようになっているらしい。

銀次さんは大きな九尾の狐姿からスタンダードな銀次さんに戻り、「これをつけていてください」と懐から狐のお面を取り出し、私に手渡してくれた。

「葵さんが人間だとばれてしまうと大変ですから。私のお面で申し訳ないですが……」

「ううん、ありがとう。鬼のいかついお面より、狐のお面の方が可愛いし」

「ふふ。それは確かに……なんて言うと、大旦那様に悪いですが」

いよいよ塔の中へと入り、地下への螺旋《らせん》階段を下りていく。

やがて点々と設けられた灯篭《とうろう》によって照らされる、薄暗い地下街道に出た。

ポツリポツリと、上掛けや頭巾を纏《まと》ったあやかしたちはいるが、賑《にぎ》わっている感じではない。彼らの顔も陰になっていて見えないし、大きな声でお喋《しゃべ》りをしている者もいないので、不気味なほどシンとしている。

地下街道は長々としたトンネルで、多様な目的地に向かって分かれ道があり、ポツポツと出口が設けられていた。

それにしても、視線を感じるなあ。

「外では誰にも会わなかったのに、地下にはちゃんとあやかしがいるのね。こっちをギロギロと見て、愛想のいい感じじゃないけれど」

「よそ者の匂いがするのでしょう。北の地の伝統的な装束を纏《まと》っているとは言っても、我々は氷人族ではありませんから」

銀次さんは、そんな氷人族の冷たい視線から私を隠すよう前に立ち、「そばを離れないようにしてくださいね」と囁《ささや》いた。

見上げた銀次さんの顔は凛々《りり》しく、頼もしい。見とれてしまいそうになるほど。

「北の地の民は、長い歴史の中で寒さを防ぐために地下街道を掘り続けました。外を移動するより、よほど暖かいですからね。今では氷里城を中心に、まるでアリの巣のように地下街道が張り巡らされ、発達していると聞きます。その規模は、妖都にある地下階層の二十倍を誇ると」

「へえ、凄《すご》いわね。妖都の地下もわさび農園があったりして、ちょっと変わってたけど」

「ええ。ただ北の地の地下街道は、妖都の地下ほど機能的ではありません。ここはまだマシですが、氷里城から離れれば離れるほど貧困街化しており、貧しい者たちで溢《あふ》れていると聞きます。それに地下街道の敷かれていない山間《やまあい》の村なども数多くあり、我々が日頃ほとんど拝むことのない、希少なあやかしたちが原始的な営みを残しているのだとか」

「そういえば、お涼《りょう》も北の地の出身だったわね」

確か家が貧しく、奉公に出てなりゆきで天神屋で働くことになったと言っていたっけ。

ここにいるのは、青白い髪と、青白い顔色をした、典型的な氷人族ばかり。

やっぱりどこか、お涼を彷彿《ほうふつ》とさせる。

「あれ、これは……線路？」

あちこち見ていると、街道の中心に、氷でできた線路のようなものを見つけた。何が通っているのだろうか。

銀次さんが大きな看板の前に立って何かを確かめていたので、その隣に急いだ。看板には、行き先と時間などが書かれていた。それでピンとくる。

「ここ……もしかして駅？　さっき線路のようなものを見たけれど」

「ええ。氷里城の管理するトロッコ便が出ているのです。本日中に用事を済ませ、明日にはこれに乗って氷里城へと行きましょう。白夜さんたちとはそこで合流できるでしょう」

銀次さんは大まかなトロッコ便の時間を確認してから、私の腕を引いて足早にそこをどく。後ろにこちらをジロジロと見ている大柄な雪男がいたからだ。

銀次さんは上掛けの頭巾をかぶって、私の腕を引いたまま無言で歩いた。

しかし途中、私の腕を掴んだままであることに気がついたみたいで、

「あっ……すみません、葵さん」

パッとその手を離す。銀次さんは少し慌てていた。

「いえ。周囲を警戒してくれているのよね、わかってるわ」

「……怖くはないですか？　このような暗い場所」

「知らない土地だしドキドキはするけれど、あまり恐怖はないわね。銀次さんが一緒だしね。それに、白夜さんが銀次さんと一緒に私をここに寄越したのだから、北の地を色々と見ておけということだと思うのよ」

銀次さんは控えめに微笑み、頷《うなず》いた。

そして私たちはこの地下街道を徒歩で進み、地下街道の出入り口の一つより、直接つながった民宿に入る。

看板には『ししぶ庵《あん》』とあった。

「ここです。こちらに書簡を預けたいひとが泊まっているはずです」

天神屋や折尾屋とは全く違う空気を醸す、窓ひとつない地下のお宿。

客をもてなす従業員もほとんど居ない古くひっそりとした宿で、受付に無愛想な中年の雪女が一人座っていた。

その中年の雪女は、「妖狐《ようこ》の若い夫婦とは珍しいね」とぶっきらぼうに言う。

銀次さんは特に否定せず、ごほんと咳払《せきばら》いをした。

「一泊できますか」

「一部屋なら用意できるよ。客室は二部屋しかないもんでね。夕食はなんでもいいかい」

り出してくれた。

「宿泊代を先に払いな。そしたら鍵《かぎ》を渡してやるよ」

銀次さんが懐から財布を取り出し宿泊費を支払うと、雪女の番頭は鍵を受付の下から取
り出してくれた。

客室には自分たちで向かう。

部屋はカビ臭いが、鬼火の暖房具もあったので急いでそれを点《つ》けた。

「ふう。やっと少し落ち着けるかしら」

「あ、あの……この部屋は葵さんがお使いください」

「え？　じゃあ銀次さんはどこに泊まるの？」

しかし言われてみたら寝台は一つしかないし、銀次さんが微妙に気まずい顔をしている
のもわかる。

「銀次さんが気遣ってくれているのはわかるけれど、こんなに寒い中、銀次さんを部屋の
外に追い出すなんて出来ないわ。私、同じ部屋でも構わないわよ」

「だ……っ、ダメですダメです！」

ブルブル顔を横に振る銀次さん。

「じゃあ子狐姿は？　銀次さんが子狐姿なら全然いける気がする。もしくは子ども姿とか、
いよいよ女性姿とか」

「ああ……その手が……」

銀次さんも納得しかけていたが、やはり思い直したのか「ダメです」と。顔の前で大きくバツを作るくらいはっきり拒否。

うーん、銀次さんって真面目ねえ。

「ご心配なく。私はあのひとのところに泊めてもらいます」

「あのひと……って」

銀次さんが出て行こうとした時、ちょうどこの部屋の扉が開いて、廊下側からこちらに顔を覗《のぞ》かせるひとがいた。

狸のお面をかぶっていたが、それをすぐに取って愛嬌《あいきょう》のある笑顔を見せる。

「ご苦労様っす若旦那《わかだんな》様。葵さんも」

「あ！　千秋《ちあき》さん!?」

その人は天神屋の玄関先でよく見かける化け狸のあやかし、下足番長の千秋さんだ。

「千秋、こちらへどうぞ」

銀次さんは千秋さんを部屋に入れ、廊下の外を確認してから扉を閉めた。

「このような場所までご苦労様です千秋」

「いえ、若旦那様も。ところで例のものは」

「はい……こちらになります」

銀次さんは、懐からしっかりと封の閉じられた文を取り出した。

それは分厚く、中に何か文以外のものも入っていそうで……

「どうか無事に、文門《ぶんもん》の地《ち》へと運んでください、千秋」

「ええ。分かっているっす。院長の母と右大臣の兄は、八葉制の存続と大旦那様の八葉留任は同じ道の上にあるとおっしゃったっす。あとはそれまでの道筋を整え、隠世の世論が八葉制の廃止に偏らないよう手を打つことかと」

「そのために、北の地の協力は必須《ひっす》、ですか」

「春日経由で聞きましたが、氷里城はすでに騒動を知っており、城主であり八葉の肩書きを持つキヨ様は、条件次第では味方になってくれそうで。まあ我々が、その条件をクリアできれば、ってことっすが。キヨ様もまだお若く、八葉になったばかりで孤独と重圧に苦しんでおられるみたいっす」

その時、コンコンと扉を叩《たた》く音がした。

銀次さんと千秋さんは話を中断して、慎重に扉を開く。

「おや、あんたたち知り合いだったのかい。なら食事は一緒に取りな」

受付にいた中年の雪女だった。

相変わらず無愛想だが、私たちと千秋さんが共にいることに対し、ただ何か察しただけで、特に訝《いぶか》しんでいる様子もない。

「すみません女将《おかみ》さん。お願いしていいっすか」

千秋さんが愛想のいい笑顔で両手を合わせると、

「……ま、あんたの頼みなら聞いてもいいよ」

先ほどまで無愛想だった女将さん、ちょっと嬉《うれ》しそうにしている。

千秋さんとここの宿の女将さんは、知り合いなのかな。

千秋さんは天神屋でもそうだったけれど、女性にモテるなあ……。

「晩ご飯は隣の部屋に用意するよ。十分後に来るんだね」

女将さんはそう言い残し、私たちの部屋の扉を閉めた。

「安心してください。ししぶ庵の女将さんは文門狸と所縁《ゆかり》のある方で、ここは各地に散った狸たちが情報交換をする宿でもあるっす」

「なるほど。それで千秋はこの宿を指定していたのですね。それにしても、文門狸の情報網はあなどれませんね。このような拠点まであるとは」

「……情報は我々にとっての力っすからね」

そして千秋さんは、さっきから寝台に座り込んでぼけっとしている私に気がついた。

「葵さん、お腹空《す》いたでしょう。こちらでは北の地の料理を食べることができるっすよ」

「えっ、ほんと⁉」

「ご飯のことになると元気になりますね、葵さん」

「当然よ、銀次さん。だってもうお腹はペコペコなんだもの」

大事なお話を遮ったらいけないと大人しくしていたし、その間ずっとお腹が鳴るのではないかとヒヤヒヤしていたのよね。

十分後に隣の部屋へと移動すると、そこには古い掘りごたつがあり、机の上には兜型《かぶと》に盛り上がった鉄板が。

他にはタレに漬け込んだお肉の入った大壺《おおつぼ》と、大盛りのもやしと玉ねぎ、人参《にんじん》などの野菜の盛り付けられた大皿などがすっかり用意されている。

「もしかして……焼肉⁉」

「そうっす。いわゆる、ジンギスカンっす」

「ジンギスカン⁉」

ジンギスカンとは、羊肉を用いた鉄板焼肉だ。

日本でも北海道の郷土料理として有名だったけれど、隠世でもこの北の地で食べられているのね。

「実は私、ジンギスカンって食べたことがないの」

「おや。葵さんが食べたことのないお料理があるなんて珍しいですね」

銀次さんは驚いていたが、そりゃあ私にだって食べたことのないものくらいある。

「おじいちゃん、羊肉が大の苦手だったから」

「ああ、なるほど。少しクセがありますからね」

「でもここの壺漬け羊肉は食べやすいっすよ。北の地の雪を食って育つ〝雪羊《ゆきひつじ》〟の肉を使っているのと、生姜《しょうが》と醤油《しょうゆ》を合わせた絶妙な調味料で味付けされているっすから」

そのような話を千秋さんに聞いてしまうと、もう待ちきれない。

私たちはさっそく、この珍しい三人組でジンギスカン焼肉を始める。

兜型の鉄板は妖火《ようか》ですっかり温められている。この側面で壺漬け肉を焼き、下の平たい部分でもやしなどの野菜を焼くみたいだ。

「北の地では、冬になると野菜が高価になるので、もやしばかりっすけど」

「……野菜、ここじゃあまり手に入らないの？」

「北の地は冬の間、地上のほとんどが雪に閉ざされるので、農耕には不向きと言われているのです。ただ夏の間はどの土地より涼しいので、その涼しさを生かした農作が行われています。冬は冬でその寒さを利用した栽培方法を開発中だとか。保存技術も優れており、缶詰めや瓶詰めの加工品も多く作られていますね」

銀次さんがこの地の産業事情を教えてくれた。それに千秋さんが続ける。

「広大な土地を利用して作るじゃがいもは、隠世でも最大の出荷数を誇るっす。ただ今年は不作だったようで。それでも乳産業は好調で、特にチーズの需要が右肩上がり。もともとチーズは隠世で流行の兆しがあったのと、天神屋の地獄まんのヒットもあり、各地の商人がこぞって買い付けたのでしょう。ある意味で、葵さんの功績っすね」

「はあ～……ちゃんと影響があってよかったというべきかしら。あ。食べごろだわ」

ジュージューとお肉の焼けるいい匂いがしてきたので、私たちは空腹に耐え切れず、真面目な話は一時中断しジンギスカンに夢中になる。

「……おお。なるほど、こういう味なのね、ジンギスカン」

「お気に召しましたか？」

「ええ！　独特の獣臭さはあるけれど、それが鼻を抜けていく時の風味と苦みが面白いわ。こうやって食べてみると、牛肉や豚肉とは全然違うわね」

そう。噛《か》めば噛むほど、このお肉独特の味わいを知ることができる。

苦手な人がいるのもわかるんだけど、私は好きかな。

「何と言ってもお肉を味付けしているタレが美味《おい》しいわね。生姜とお醤油、りんごと玉ねぎ……他にも何か混ぜてる？　どんな調合で作ってるのかしら」

壺の中にたっぷり溜《た》まったタレ。

匂いを確かめても、全ての材料はわからない。秘伝の漬けダレってやつかしら。

「俺も前に女将さんに聞いたことがあるんすけど、企業秘密とか言って教えてくれないんっすよねー。ここに来るたびに食べてるっすけど」

「葵さんにもわからないのなら、北の地特有のものかもしれないですね」

千秋さんも銀次さんも、さっきからモリモリと鉄板で焼いたジンギスカンを食べている。

このお肉を漬けていたタレをもやしや玉ねぎに絡めながら炒《いた》めると、もう最高。

「ん、お肉に夢中で忘れてたけれど、これ何かしら」

机の端の大皿に積み上げられていた、薄っぺらい何か。

平たく焼いたクレープの皮のように見えるけれど……

「米粉を水で溶いて焼いたものっすね。これで肉と野菜を巻いて食べるのが北の地流っす」

「へえ、美味しそう！」

「そういえば、北の地には米粉や小麦粉を使った粉もの料理も多いと聞きますね」

「そうっす。パンに似たものもあるっすよ。隠世の中でも、ひときわ独特な文化が残っている地っすから。あ、若旦那様、それこう巻くと食べやすいっすよ下から折る感じで」

千秋さんに教えてもらいながら、銀次さんがさっそくその米粉の生地で、ジンギスカンの肉を巻いていた。

私も同じように、テキパキと肉をその生地で巻く。

皮は薄いが程よい強度があり、肉や野菜を巻いても破れない。

クレープ状に巻いてしまうと、待ちきれずかぶりつく。

生地に味はほとんど無いが、巻いた味付け肉のタレが濃いめなので、それがより食べやすくなるというか、この生地があればご飯はいらないというか。

初めてのジンギスカン、楽しく美味しく食べてしまった。

「ふう。お腹いっぱい。食べた食べた！」

「たまには皆で鉄板を囲むのもいいですね」

「これで酒があったらもっといい感じーだったんすけど」

千秋さんは冗談なのか本気なのか、苦笑しながら立ち上がる。

「じゃあ俺、そろそろ行くっす」

「えっ、こんな夜に？」

「夜だから、っすよ。葵さん忘れているかもしれないっすけど、あやかしにとって夜は一番活動的な時間帯っすよ～」

「そ、そういえばそうだった」

「でも葵さんと若旦那《わかだんな》様は移動でお疲れと思いますので、今日はもうお休みください。あ、若旦那様、俺の部屋そのまま使っていいっすからね。流石に大旦那様の許嫁《いいなずけ》と同室で寝ようなんて真似、真面目な若旦那様にはできないでしょうから～。あなたなら寒い廊下で寝かねないっす」

千秋さんにからかわれ、銀次さんは少しばかり顔を赤くして、何かを誤魔化すように咳《せき》払《ばら》い。ニヤニヤとしていた千秋さんだが、ふと真面目な顔になると、

「それと……多分ですが、そのうち文門狸の方よりわかりやすい動きがあると思うっす」

「わかりやすい動き？」

「ええ。まずは、キヨ様と春日がしっかりと手を取り合い、隣り合って立たねばと」

「……………」

「葵さん、どうか春日に手を貸してやってください。あいつ、物分かりがいい分、意外と本心を吐き出せないところがあるっすから」

千秋さんは私に向かってそんな言葉を残し、ぺこりと頭を下げた。

そして目の前のコップを引っ掴《つか》むと、水をゴクゴク飲み干して勢いよくこの部屋を出る。

そして瞬く間に外に出る支度をしてしまい、このしじぶ庵から去って行ったのだった。

「千秋さん、忙しそうね」

「……千秋には少々無理をさせてしまっています。元気に取り繕っていましたが、気力も体力も消耗していることでしょう。危険なことが無ければいいのですが」

銀次さんの心配そうな言葉から、千秋さんがどれほど重要な役割を担い任務を果たしているのかを察する。

皆が皆、大旦那様を助けるために、動いているのだ。

私も明日からまた、気を引き締めてできることをやらなければ。

自分にできることで、皆を支えると決めたのだから。

第二話　氷の洗礼

翌日、私たちは早くに起きてししぶ庵《あん》を出た。

「ここから氷里城《ひょうりじょう》までは……えっ、五時間⁉　結構時間がかかるのね」

「宙船《そらふね》と比べて鈍足ですが、地上を行くよりずっと安全ですからね。トロッコと言っても、なかなか乗り心地の快適な列車と聞いたことがあります。まあ、現世《うつしよ》の電車とは比べられないかもしれませんが」

ちょうどこの駅に例のトロッコ列車が到着した。

幾つもの大箱が連なって繋《つな》がり、それが雪の霊力で動くのだそうだ。

箱といっても、窓も屋根もあるんだけれど。

私たちも切符を買ってそれに乗り込む。中は吊《つ》り下げられた妖火《ようか》のランプが淡く照らしており、ふかふかの絨毯《じゅうたん》が敷かれ、模様の派手なクッションがいくつも積み上げられていた。客は居心地のよさそうな場所を見繕って、座り込む。

私たちも同じように、クッションの塊に埋もれるようにして落ち着く。

トロッコ列車は氷里城へと向かってゆっくりと動き始めた。

揺れがほとんどなく、スイスイ進むので意外と心地よい。

「葵《あおい》しゃーん、僕もうお腹ペコペコでしゅ」

チビがピョコンと上掛けのポケットから出てきて、絨毯の上でアピールを始める。

「あんた昨日の夜はずっと寝ていて、何も食べてないものね」

「寒いと眠くなるでしゅ。あやうく冬眠しかけるでしゅ〜」

「河童《かっぱ》って冬眠するの？　あ、そうだ。ししぶ庵を出る時に焼きおにぎりを貰《もら》ったんだった。朝ご飯の代わりにって」

「ここで食べましょう、葵さん。飲食は自由なので」

確かにあちこちで、乗客がお弁当を食べていたり、持ち込んだ温かい飲み物を飲んでいる。というわけで、トロッコの中で我々も朝ご飯にありつく。

貰った箱の蓋《ふた》を開けると、焼きおにぎりが箱いっぱいに詰めこまれていた。手で持って食べやすいように、焼き海苔《のり》が軽く巻かれているのも嬉《うれ》しい。

「美味しそうですね」

「ひとつがとても大きいから、何か具が入ってるのかも」

味噌《みそ》と醤油を合わせた甘辛いタレをおにぎりに塗って、表面を焼いている。

齧《かじ》るとプチプチッと面白い食感に驚き、確かめると具材は炙《あぶ》りたらこのようだった。

「美味しい〜。なんて大きな炙りたらこ。贅沢《ぜいたく》！」

「私のは鮭ハラミでした。ほぐさずゴロッと入っていたので、満足度が高いですね」

普通のおにぎりでも美味しかろう、贅沢な具。でもこれが香ばしい焼きおにぎりってのがにくいのよね。

この焼きおにぎり、冷めたままでも十分美味しいんだけど、上から熱々のお出汁《だし》をかけて、出汁茶漬けにしても美味しそう……ほろっと崩しながら食べるの……

「あ〜〜〜っ。葵しゃん〜〜〜っ、僕も僕もでしゅ〜」

「あ、ごめんチビ。チビのこと忘れてた」

「ひどすぎでしゅ〜」

忘れられて顔を真っ赤にして怒っているチビ。

さっそく焼きおにぎりを一つ手渡す。チビは自分の体ほどもある大きな焼きおにぎりに飛びついて齧る。

ん？　チビの焼きおにぎり……よくよく見たらカニ飯じゃない⁇

ほぐしたカニ身と、出汁を入れて炊いたご飯。

羨《うらや》ましい……それ絶対アタリだわ……

「ねえ銀次《ぎんじ》さん。北の地って、もしかして美味しい食材がいっぱいある？」

「ええ、おっしゃる通りです葵さん。北の地の乳製品は勿論《もちろん》のこと、北海に面しており、この地でしか味わえない海の幸もあります。探せば良い素材を持った地なのです。また氷《ひょう》人族《じん》は職人気質で、衣食住に役立つ優れた技術をいくつも生み出してきた民族でもありますからね。氷里城も、古代に造られたとは思えないほどの高度な技術で建築された隠世《かくりよ》遺産であり、それはそれは見事なんですよ」

「へえ。隠世遺産……」

世界遺産、みたいな？

銀次さんが言うことには、北の地は隠世が妖王家《ようおう》に統一される前の時代の遺産があちこちに点在する、歴史的名所でもあるのだとか。

「日本でも、世界遺産がある街は観光地になったりしていたけれど、北の地に観光客は来ないの？」

「昔は、夏の避暑地としても北の地は人気だったのですよ。しかし治安の悪化に伴い観光客はめっきり減りました。今の北の地を立て直す使命を負った、現八葉《はちよう》のキヨ様と、そこに嫁いだ春日《かすが》さんは……大変な思いをしていることでしょうね」

「……そっか」

昨日の、千秋《ちあき》さんの言葉を思い出す。

彼は私に、春日に手を貸してあげてほしいと言っていた……

時々、何かが氷を擦《こす》るような、高らかな音が響く。それが心地よく、目を瞑《つぶ》れば眠ってしまいそう。

私は頭を一度振るって、銀次さんに別の話題を振った。

「ねえ銀次さん、天神屋《てんじんや》は今、どうなってるの？」

銀次さんはちらりと私の方を見てから、

「天神屋は営業を制限しつつ、大旦那様のお戻りをお待ちしています。番頭の暁《あかつき》がかなり頑張ってくれているようで、今は彼を中心に回っていて」

ゆっくりと、だけど確かなことだけを語る。

「人手不足が深刻なので、年末までは平日の宿泊を取りやめとし、夜の宴会と温泉の利用でのみ営業をしている状態です。その態勢ゆえに、夕《ゆう》がおも違和感なく休業することができています」

「……そう」

私が少し動揺したことに気がついたのだろう。銀次さんは小さく微笑むと、

「葵さん、ご安心ください。なかなか夕がおを営業できずに焦る気持ちは分かりますが、アイさんが夕がおを綺麗《きれい》に管理してくれているみたいですし、今回はあの場所を守るための戦いでもありますから。雷獣《らいじゅう》が天神屋の大旦那となってしまえば、夕がおもどうなるか分かりません。なあに、あやかしたちは長生きな分、ひと月やふた月お休みしたところで、夕がおを忘れたりはしませんよ」

「……ふふ。銀次さん。ありがとう」

私の不安にすぐ気がつき、励ましてくれる。銀次さんは、いつも本当に優しいな。

しばらく静かに、トロッコに揺られながら様々なことを考えていた。

大旦那様を助けるために、天神屋の誰もが、頑張っている。

攻撃された宙船に乗っていた白夜《びゃくや》さんやサスケ君、乱丸《らんまる》たちはどうしているだろう。

大旦那様は……寂しく、ひもじい思いを、していないだろうか……

「あれ。銀次さん……寝てる？」

気がつくと、銀次さんが背のクッションにもたれて、目を瞑って寝ていた。

寝顔はあどけないが、疲れも見え隠れする。

大旦那様が行方知れずになってから、銀次さんはずっと大旦那様の代わりをしていた。

それなのに弱音も吐かず、私のことも気遣ってくれて……

「いつもありがとう、銀次さん」

小さな声で、声をかけた。聞こえていないかもしれないけれど。

さあ、私も、少し眠ってしまおう。

トロッコの心地よい走行音の中、目を瞑る。

柔らかなクッションに包み込まれ、浅い眠りの中、どこか遠く、遠く、誰かが私の名を呼ぶ声を聞いた気がした。

長いトロッコの旅を終え地上に出ると、目前には、巨大な氷の城がそびえ立っていた。

「わあ、ここが氷里城……っ、綺麗～」

面白いことに日本のお城とはまったく違う。妖都《ようと》の王宮とも違う。

尖《とが》った屋根が連なる様は、どこか西洋のお城に似ているのだ。もちろん、完全に洋風というわけではなく、所々にちゃんと和のテイストはあるのだけれど。

北の地は文化が他とは少し違うと聞いていたけれど、これは確かに、ここでしか見られないものだわ。

まるで、おとぎ話に出てくる建物みたい。

「でも、どうやって入るの、このお城……」

氷里城の周囲には氷の城壁が高々と積み上げられており、ここに入るには正門を潜るほかないのだが、我々はそこを通る手立てが無い。

身元を明かし、北の地の八葉との面会を申し出ようとしたのだが、門に近寄っただけで冷たい目をした門番たちに氷の槍《やり》を向けられ、追い払われてしまった。

白夜さんたちが来ていたら、私たちのことも伝わっているだろうと思っていたのだけれど……もしかして折尾屋《おりおや》の宙船は、氷里城に辿《たど》りついていない？

「なんだか妖都の宮殿に忍び込んだ時のことを思い出すわ。今回も忍び込む？」

「そ、それは流石にまずいかと」

隅で私たちはこそこそと話し合う。

城下町とはいえ人通りがほとんどなく、閑散としていて静かだ。

ほとんどの家が地下街道へとつながる地下の出入り口を持っており、買い物や商売などは地下街道の市場で行っているらしく、外に人が出ることがあまりないらしい。

時々、この雪をかき分けているあやかしを見かけたり、除雪用のソリが通るくらい。

ただ、転々と雪だるまがあったりするので、外で遊ぶ子どももいるのだろう。

「葵ちゃん、若旦那様《わかだんなさま》！」

「!?」

そんな時だ。

聞きなれたようで懐かしいその声に、私たちはバッと振り返る。

そこには分厚い毛皮の上掛けと頭巾《ずきん》をかぶった、丸顔でたれ目の少女が一人。

「あ、あんた……その声、もしかして……」

「うん、あたしだよ葵ちゃん」

その少女は頭巾をとると、可愛らしい狸の耳をピョコンと立てて、ニッと笑った。

「春日!? どうしてここに!??」

「どうしてって、北の地はあたしが嫁いだ先だもん。城の窓から葵ちゃんと若旦那様が迫い払われているのが見えてね。急いで来たんだ……って、わ！」

私は久々に会った彼女に抱きついた。

ここに来れば春日に会えるかもしれないという期待はあったけれど、こんなに早く声を聞いて、顔を見ることができるなんて思わなかった。

「久しぶり、春日。会えてよかったわ！」

「……葵ちゃん。うん、あたしも嬉しい」

春日も私をぎゅーっと抱きしめてくれる。天神屋でも、最初から気さくに話しかけてくれた女の子。賢い彼女は、すぐに私たちの状況を察する。

「二人とも、氷里城に入れないんでしょう？」

「ええ。八葉のキヨ様に面会したく、その」

「ねえ、折尾屋の船はここに来てないの？　やっぱり空賊《くうぞく》に、捕まっちゃったのかしら」

銀次さんと私があたふたしていると、春日は「なるほどね」と少し悪い顔になる。

「だったら私が、氷里城の中に連れて行ってあげる」

チリン……

春日が胸元から、薄い氷の板を取りだした。その時、小さな鈴の音が鳴る。

この氷は氷里城の通行手形ということだが、春日はこれをぶら下げている紐《ひも》に、以前お涼《りょう》が持っていた氷の鈴をつけていた。

やっぱり、お涼は春日が天神屋を離れる時、これを春日にあげていたのね……。

春日が通行手形を門番に掲げると、門番は「おかえりなさいませ、若奥様」と仰々しく頭を下げる。しかし一方で、我々には厳しい態度で入場の拒否を貫いた。

「天神屋からの客人だよ。昨日、折尾屋の宙船が城に招き入れられたでしょう？　その時、キヨから天神屋の使者の入場許可が出てるはずだけど」

「……しかし、その者たちが天神屋のものかどうか、証拠もありませんし」

「あたしが証拠だよ。天神屋で働いてたんだから」

門番の表情は、まるで春日を疑っているかのような淡々としたものだったが、結局は春日の意見に従い私たちを中に入れてくれる。

私と銀次さんは、春日の押しの強さに少々驚いた。

以前の、天神屋での下っ端だったころの春日とは、全然違うから。

「ねえ春日、折尾屋の宙船は、ここに辿り着いているのね」

「うん。昨日氷里城にやってきたよ」

「それは良かった！　しかし、ならばなぜ私たちは追い払われたのでしょう」

「それはね若旦那様、ここの皆は良い意味でも悪い意味でも、用心深いからだよ。氷里城ではキヨが八葉になるまで、跡目争いで色々あったみたいだからさ。それにあたしは氷人族じゃないよそ者の花嫁だから、まだ全然信用されてないんだ〜。やってらんないよね〜」

春日はやれやれとわざとらしい呆《あき》れた態度を取っていたが、私は少し不安になる。

だって、春日……なんだか少し痩《や》せた気がする。

こんな寒い土地で、慣れない食事と生活、敵意に囲まれて生きているのだから、当然といえば当然だ。

だけど、私は春日に幸せになって欲しいと願って、天神屋から送り出したはずなのに。

今の春日が、幸せなのか。それがよく分からない。


「わああ……中はもっと荘厳ね」

絶対に溶けない氷というものを建築材として用いた、巨大な城。

それが、北の地の八葉の拠点〝氷里城〟ということだ。

これは古《いにしえ》の氷人族たちの英知の結晶であり、この土地でしか拝めない建築様式である。

天井を見上げれば、透き通った氷の天井から鈍い陽光が差し込んで、それが大廊下の端に並んだ氷像に反射し、薄暗くも重厚で美しい空間を演出する。

「あの、春日さん。本当に我々は入って良かったのでしょうか？　城の者たちの視線が痛いのですが」

「大丈夫だって若旦那様。二人の入場許可はとっくに出てたんだから。さ、ここが氷人族の長で氷里城の城主である、キヨのいる大広間だよ」

春日がその大広間の前に私たちを連れていくと、オールバックに眼帯をつけた、背の高い氷人族の男がツカツカと急ぎ足でやってきて、

「春日様お待ち下さい」

厳しい口調で春日を制止し、扉を塞《ふさ》ぐように前に立つ。

まるで軍人のような佇《たたず》まいだ。

「春日様、病み上がりですのに外に出ておられましたね。むやみに外に出てはならぬとあれほど申したではありませんか」

「だってねレサク、この二人が見えたんだもん。天神屋でお世話になったひとたちだよ。あたしが入れてあげないと二人が凍えちゃうよ」

「………」

その者は片目を細め春日を訝《いぶか》しんでいたが、私と銀次さんに目を向けるとこれまた険しい顔つきになる。

「天神屋の方々とお見受けする。私は氷里城城主キヨ様付きの側近、レサクと申します。ただ今キヨ様はお取り込み中で、しばし別室にて待機を……」

しかし、その時だ。

「いいえ、その必要はありませんよ」

レサクという者が塞いでいた氷の扉が、ゆっくりと開いた。

いくつもの妖火が、まるでシャンデリアのように天井の中心で群れをなし、その大広間をキラキラと照らしている。

奥には、引きずるほど長い上掛けと、長い飾り紐《ひも》の垂れ下がった帽子を身につけ、氷の錫杖《しゃくじょう》を持つ少年が立っていた。

その少年は落ち着いた視線をこちらに向けると、

「初めまして、天神屋からのお客人。僕は北の地の八葉であり〝氷里城〟の城主、名をキヨと申します。北の地へ、ようこそおいでくださいました」

柔らかく微笑み、胸に手を当て丁寧なお辞儀をする。

見た目の年齢は十五歳ほどの少年だが、物腰の柔らかさと落ち着いた声音に、なんだか今まで会ってきた北の地のひとたちと違う雰囲気を感じ取る。

トゲトゲした感じがない、というか。

「お初にお目にかかります、氷里城の城主キヨ様。私は天神屋の若旦那、銀次と申します。こちらは、天神屋の……」

銀次さんが私のことも紹介してくれようとしたが、キヨ様は「ええ」と頷《うなず》く。

「存じております。あなたが津場木《つばき》葵さんですね。あの津場木史郎《しろう》の孫娘であり、天神屋の大旦那殿のご婚約者」

「こ、婚約者っていうか……借金のカタというか」

いや、今はそのようなことをもごもご語っている場合ではない。

目の前のこの少年は、北の地の八葉であり、この氷里城の城主。

大旦那様と同じ位にいる、偉いあやかしなのだ。

「あの、折尾屋の宙船は、そこに乗っていた者たちはどうなったのでしょう」

銀次さんは、この場に白夜さんや乱丸がいないので、慎重に尋ねた。

「ご安心ください。折尾屋の宙船は無事にこちらについております。空賊〝兎火地団《とかちだん》〟を成敗してくださり、我々に引き渡してくださいました。あれらには本当に手を焼いておりましたので……」

キヨ様がふと視線を横に流す。荒々しい別の声が聞こえてきたからだ。

「あー、生き返ったぜ。温泉宿で暮らしてるもんだから、数日温泉に入れないだけで地獄にいた気分だ」

「全くだ。貴様とは基本的に相容《あいい》れないが、その意見には賛成だな」

乱丸と、白夜さんだ。なぜか湯上りほっこりスタイルで、堂々とこの大広間に登場。

「あ、銀次と小娘が来てやがる」

「道中ご苦労であった」

そして二人して私たちの肩をポンポン、と。なにこれ。

「ち、ちょっと待って！　どういうことなの？　なんで白夜さんと乱丸は湯上りほっこりで呑気《のんき》にしてるわけ⁉」

「…………」

乱丸と白夜さんが顔を見合わせ、ふっと笑う。

「まあそうカリカリするな小娘。ブスになるぞ」

「珍しい体験ができたであろう。可愛い子には旅をさせよというからな。どうせ北の地の名物でも食ってきたんだろう？」

「は？」

いやまあ、確かにその通り、ジンギスカンを食べてきましたが……

「案ずるな。昨日のうちに、我々はすでに会談と取引を終えているのだ」

「……え」

どういうこと、とキヨ様を振り返る。キヨ様もまた、穏やかに微笑み、頷いた。

「我々北の地は、全面的に天神屋と折尾屋に協力しようと思っています。夜行会における金印の件はお任せください」

その言葉に安堵《あんど》の気持ちも湧いて出てくるが、しかし話が上手《うま》くいきすぎてきょとんとしてしまう。

キヨ様は表情を引き締め、「ただし」と続けた。

「こちらも条件を出させていただきました。それは北の地の〝観光地〟としての復興への協力……天神屋と折尾屋の協力なくして、それはありえません」

北の地は隠世の歴史的にも貴重で珍しい、かつての遺産が数多く残っている観光名所でありながら、現在その事業は衰退の一途を辿《たど》っている。

特に冬の間は氷に閉ざされ、かき入れ時の夏ですら治安の悪化で客足が遠のいた宿場町は、ここ百年で軒並み消えてしまったのだとか。

「しかし今は宙船の技術が発展し、冬でも北の地の観光名所を訪れることができます。天神屋や折尾屋は、豪華宙船での周遊事業を推し進めていると聞いておりますから」

そこまで聞いて、私はピンときた。

なるほど、豪華なクルーズ船のツアーのようなものか。

「要するに、そのツアー内容に北の地の名所巡りを組み込んで欲しい、ってことね！」

「ええ、ふふ。さすがにお察しが早いですね、津場木葵さん」

クスクスとキヨ様は笑う。側近のレサクさんは眉《まゆ》を吊《つ》り上げ咳払《せきばら》いをしている。

思わず口をついて出てきた言葉だったのだが、私ってば八葉相手にタメ口を。

白夜さんの視線は痛いし、乱丸は呆れ顔だし、銀次さんをハラハラさせてしまっている。

穴があったら入りたい……

白夜さんは手のひらに愛用の扇子を打ち付け、空気を変えると淡々と話を続けた。

「これは天神屋や折尾屋にもメリットのあるご提案だ。天神屋や折尾屋の景色に飽き飽きしているあやかしは多く、ツアーを組めるのであれば願ってもない。……北の地の冬には、宝が山ほど眠っているからな」

「宝って？」

私の疑問には、乱丸が答えた。

「冬にしか見ることのできない極光《きょっこう》や、流氷だな。各地に点在する氷の建造物も、隠世の歴史好きのあやかしには魅力的だ。それに、ここでしか食べられない北海の幸や、最近隠世で流行《はや》り始めた乳製品も豊富にある。それらを使用した食事を目玉として押し出せば、興味を示すものもいるだろう。あとは上手いこと名物でも生み出せりゃあ、北の地の観光復興への足がかりになるだろうな」

乱丸は私に向かって「お前の得意分野だぞ、喜べ」と偉そうにしている。

喜べって何よ、喜べって。……でも、なんだろうこの違和感。

天神屋や折尾屋にとって、北の地が観光地として発展するのはライバルを増やすことになると思うのだけれど。

「そういうわけだから、葵君。君にはこの地に留《とど》まり、ここの食材を学び、何か観光名物になりそうなものを考案してほしい」

「えっ⁉　でも年末までにそんな、無理よ」

するとと白夜さんは私の側までやってきて、扇子で隠しながら耳元に口を寄せ、小声で囁《ささや》いた。

「なに、まだ結果を出す必要はない。ただ、良き案を提示したのとしないのとでは、こちらの信用度は段違いだからな。葵君なら信頼と手応《てごた》えを得るものを、生み出せるはずだ」

「………」

その言葉で察した。

話はついたと言っていたけれど、北の地との駆け引きはまだ続いているのだ。

「えーっと、観光名物っていうのは……お土産？」

私は平静を装う。

「そういうものも必要だろうし、この土地に来たからこそ食べられるもの、というものでも良い。葵君には天神屋の新しい土産を成功させた経験があるので、君が考案したということであれば箔《はく》もつくだろう」

白夜さんの言葉に続けるように、キヨ様も切実な面持ちで私に懇願する。

「ええ。葵さんにはぜひ、北の地の食材で新たな名物料理を生み出していただきたい。よろしくお願いします」

そんな風に言われてしまったら、やらないわけにもいかない。

「箔がつくかはわからないし、そう簡単に成功するかもわからないけれど、全力を尽くしてみるわ」

難しさはあるが、北の地の食材やお料理には興味があるからね。

「ふん。君がここで良案を出してしまったら、惜しい気にはなるがな。そういうものは天神屋でこそ生み出してほしいところだが……仕方がない、全ては大旦那様奪還の為だ」

「なに。土産物やお料理に『天神屋の噂の食事処、夕がお監修』と入れていただければ、それだけでも宣伝としての価値があります。とてもありがたい話ですよ」

「なるほど、流石だな若旦那《わかだんな》殿。その手があったか」

こそこそと、また商魂たくましい話をしている白夜さんと銀次さん。

扇子で会話を隠してるけれど、丸聞こえだから。

そんな時、ふとキヨ様と目があった。彼はふわりと私に微笑みかける。

触れると壊れてしまいそうなほど、繊細で美しい佇まいだ。

まるでガラス細工のよう。美少年という言葉がぴったりな……

「すみません、いらしたばかりでこのような話を長々としてしまって。長旅でお疲れでしょう。部屋と食事を用意させましたので、おやすみください」

「あ、ならあたしがみんなをお部屋に連れていくよ」

「いや……春日は、何もしなくていいよ」

キヨ様は笑顔のまま、だけどどこか淡白なものを感じる口調で、そのように春日に言いつける。私は少々驚いた。

「レサク、頼みます」

「はい、城主」

眼帯の側近、レサクさんが懐より取り出した氷のベルを鳴らすと、氷人族のお澄まし顔の侍女たちが現れ、私たちを「どうぞこちらへ」と案内するのだ。

「………」

春日……

彼女はいたって普段通りの表情だった。でも、それが逆に不安だ。

もしかしてキヨ様と、あまり上手くいっていないのだろうか。

ここに春日の味方は、居場所はないのではないだろうか。

「あ、あの、キヨ様！」

私は大広間から連れ出される前に、思わず挙手をしてキヨ様に申し出る。

「その、北の地の名物開発の件なのですが、よろしければ助手を一人お与えいただけないでしょうか」

「……助手、ですか？」

「ええ。とても良い助手がいます。春日です。春日は以前、私と一緒に天神屋の新しい温泉饅頭《まんじゅう》、クリームチーズを使った〝地獄まん〟を開発しました。彼女の助けがあったからこそ、です」

「それは……」

キヨ様が少し困った様子で言葉を濁すと、すかさず側近のレサクさんが、

「無礼ですぞ、あろうことか城主の奥方を呼び捨て、助手にしたいとは！」

ギロリと私を睨《にら》みつける。

確かに春日は、かつての私の仲間であっても、今はもう、ここ北の地で最も偉いひとの若奥様。それにキヨ様も、あまり乗り気ではない様子だ。

「待って、レサク。葵ちゃんはあたしと立場的には同等だよ。だって葵ちゃんは、天神屋の大旦那様のお嫁さんだもん。レサクの方が無礼だよ」

「そ、それは……しかし」

春日は次に、くるりとキヨ様に向き直る。

その時の春日の表情は、時折彼女が見せる大人っぽいもので。

「ねえキヨ。キヨは私にあまり動いて欲しくないのかもしれないけれど、今回はそういうわけにもいかないと思うよ」

「……春日」

「天神屋の一大事だ。天神屋が助けを求めてここにやってきた。あたしは元天神屋の従業員だし、あたしにしかできないこともある。それは、キヨのやり遂げたいことに、繋《つな》がっ

ている と思うよ」

春日はその言葉だけを残し、コロッと少女らしく楽しげな様子で「こっちこっち」と私の手を引いたのだった。

通されたのは、やはり氷の壁に囲まれた客間だった。

家具も、氷と木材を組み合わせて作られたものが多く、地面には細かな模様を施した絨《じゅう》毯《たん》が敷かれている。

驚いたのは、火のついた暖炉ですら氷でできていること。

でも溶けているわけではなく、しっかりとレンガの役目を果たしている。

私はためらいながらその氷の机に触れてみた。

ひんやりとはしているが、手を引っ込めるほど冷たくはないのだ。

「面白いでしょう？　氷里城は大氷河連峰《だいひょうがれんぽう》の洞窟《どうくつ》から切り取って持ってきた〝永久氷壁《えいきゅうひょうへき》〟の氷が用いられているんだ。触ると冷たいんだけど冷気が漏れ出ることはなくて、暖炉の火で溶けることもない。部屋はしっかり温まるんだ。でも、ちゃーんと氷なんだよね」

「その氷を用いる理由はなんなの？　普通のレンガや、木材ではダメなの？」

「さあ。あたしにはよくわからないけれど……北の地の文化じゃない？　氷人族にとって落ち着くっていうのもあるだろうし、頑丈なのもあると思う。あと、単純に綺麗《きれい》だなって思うよ。このお城とか」

春日が、用意されていたこの部屋の寝台にぴょんと飛び乗り、ニカッと笑った。

「まあ確かに、氷でできたお城なんて隠世のどこを探しても、ここにしかないものね。なんだかロマンチック、おとぎ話みたい」

「そう、北の地はおとぎ話の息づく地だよ。雄大な自然や、歴史的な遺産を、キヨはもっと他の地のあやかしに知ってもらいたいんだ。それに、この土地のあやかしたちにも自慢に思って欲しい……だから、八葉の中でも特別観光業に力を入れている天神屋と折尾屋と手を結んで、魅力を引き出してもらいたいんだって」

「魅力を引き出す……か。ふむ」

私は春日の隣に座り込む。ベッドは埋もれるほどふかふかで、硬い氷に閉ざされた部屋の中で、特別柔らかなものに感じた。

「ねえ、春日」

「……ん？」

「北の地での生活は、慣れた？」

そう問いかけると、春日はしばらく目をぱちくりとさせて、「はあ〜」と気の抜けたような、大きなため息をつく。

「そう簡単に慣れたりしないよ。昨日まで風邪《かぜ》ひいて寝てたし」

「病み上がりって言われてたわよね。もう大丈夫なの？」

「うん、それは大丈夫。でもここは氷人族ばかりが住まう土地で、多種多様なあやかしがいるわけじゃない。優しいひともいるけど、基本あたしはよそ者扱いで、みんなあたしに刺々《とげとげ》しいし──」

「そ、それよ。なんだか皆、春日に冷たく当たっている気がするの。あの……キヨ様まで、なんだかそっけないっていうか──」

春日は軽く笑い、「まあね」と答えつつ、密《ひそ》かに膝《ひざ》の上で拳《こぶし》を握った。

何か言いたいこともありそうだったが、思いとどまるように一度口を噤《つぐ》み、パッと話題を変える。

「それにしても、天神屋も大変なことになったね。あたしが天神屋をやめて、すぐのことだったんでしょう？　大旦那様が妖都に行って、行方不明になったのって」

「……ええ」

「心配だよね。葵ちゃんは、特に」

「…………」

大旦那様。

天神屋の大黒柱であり、天神屋に欠かせない鬼のあやかし。

大旦那様は妖都の雷獣によってその正体を暴かれ、一時は妖都の宮中に囚《とら》われたが、今は黄金童子《おうごんどうじ》によって連れ出され、匿《かくま》われているのだとか。

無理やり化けの皮を剝《は》がされると、あやかしとは一時的に弱るものらしく、今はどこかで身動きが取れない状況なのだと思う。

こんな時こそ、私が大旦那様に、料理を振舞うことができればよかったのに。

私の料理は、霊力を大幅に回復するというから。

「葵ちゃん……？」

名を呼ばれ、はっとして、頰をパンパンと軽く叩《たた》く。よし。

「私は、今できることを頑張ってやろうと決めたんだもの。大旦那様を助けようとしている皆を支えるの。その先に、きっと大旦那様が大旦那様である、天神屋がある」

ぎゅっと、自分の手を握りしめた。心の奥に潜むものを、押さえ込むように。

「そう……だね。うん。きっと大丈夫だよ。多分だけどね、北の地が天神屋と折尾屋のおかげで良い方向に向かいそうだったら、芋づる式に文門《ぶんもん》の地《ち》も動くと思うんだ」

「……文門の地」

それは北西の地のこと。春日の故郷でもある。

「院長ばば様と父様が、目を細めて現状を見極めようとしている。八葉制度を存続させるために、天神屋の大旦那様をどうすべきか……」

各八葉は、それぞれの立場を守るために、天神屋につくか、妖都につくかで、今頃頭を抱えているであろうということだ。

「葵ちゃんは、どこが天神屋に味方をすることになっているか、知ってる？」

「い、いえ……そのようなことは、あまり私は教えてもらえないの」

「ま、そうだろうね。味方と敵なんてのは、結局最後までわからないものだし」

春日は小声になって、こそこそと私に伝えた。

「天神屋は、大旦那様を取り戻すために、次の夜行会にて大旦那様の八葉解任の決定を覆さなければならない。そのために、八葉の持つ金印を、頼りにしている。五つの金印を押印させなければ、こちらの勝ち」

そして、指を折りながら、味方の金印を数える。

「天神屋で一つ。折尾屋で二つ。北の地の金印で三つ。天神屋と縁深い漁港を持つ東の地が、裏取引で味方をしてくれることになっているから、これで四つ。だけどこれ以上は、まだはっきりと天神屋に協力してくれると明言しているところはないんだ」

「で、でも。さっき、北の地が上手《うま》くいきそうだったら、文門の地も動くって」

「ま、大事なのは中身だよ。北の地が復興する兆しがなければ、難しいよ」

「……兆し？」

「文門狸《ぶんもんたぬき》が確かめたいのは、天神屋や折尾屋の協力によって観光業が上手くいくとか、何もそういう部分的なものじゃない。そういう流れの中で、キヨの指導者としての資質を見ているんだ……大事な局面で、キョが正しい判断、厳しい決断ができるのか。いざという時に頼れる味方が、ちゃんといるのか」

「…………」

「北の地の観光復興に不可欠なのは、治安の向上。何より好き勝手にしている〝賊〟の取り締まりだ。キョはそのことを理解していたから、賊の取り締まりを強化しようとしたんだ。でもこれがなかなか、上手くいかないっていうか……」

そんな話をしていた時、部屋の扉がノックされ、春日はぐっと口を押さえる。まるで、聞かれてはならない話だというように。

春日が「どうぞ」と扉に向かって声をかけると、ツンとした表情の背の高い侍女たちが部屋に入り、食事を運んだ。

美味《おい》しそうな匂いだ。地下街道で、銀次さんと一緒に焼きおにぎりを食べたといっても、あれから約六時間以上経っているので、お腹も空《す》いている。

「わっ、チーズ！　見て春日、チーズ料理があるわ！　他にも色々！」

チーズの味噌《みそ》漬けと干しイチジクを和《あ》えた冷菜、チーズと餅《もち》とじゃがいもの煮物、小魚の酢漬けや、熟成牛肉のバターステーキなど。

「この、パン生地が風船みたいに膨らんだのって、もしかしてつぼ焼き？」

「あ、知ってる？　あたしここに来て初めて食べたんだけど、これ大好き〜」

つぼ状の器に具を詰めて、パン生地で蓋《ふた》をして焼いた料理だ。

現世でもロシア料理で有名で、その場合はこの中にシチューが入っているが、ここ北の地のつぼ焼きにはどんなものが詰まっているのだろう。ワクワクしてきた。

匙《さじ》でパン生地を割ると、ふわふわとクリーミーかつ味噌の香りが漂う。

「なんだろう。……えっ！　これって真鱈《まだら》の白子のお味噌汁!?　しかもミルクと粉チーズ入り！」

これが椀物《わんもの》で出てきても驚くだろうが、さらにつぼ焼きなのは斬新《ざんしん》だ。

恐る恐る食べてみると、トロトロ～とした白子の食感が楽しい、マイルドな味わい。

意外とミルク味噌に合うのね。白子は臭みがなくて、本当に新鮮なものを使っているというのが分かる。

「この硬めのパン生地が、濃厚なミルク味噌のスープに合うっていうね」

「浸すとお麩《ふ》みたいになるよね」

ハフハフしながら、美味しくいただいた。これ、凄《すご》く満足感があるわ。

北の地では、牛乳やチーズは昔からよく食べられているらしく、もしかしたらこういった料理も伝統的なものなのかもしれないけれど、現世のお料理を知っている私から見ると、逆に今時のお料理に見えてくるな。

「葵ちゃんも、北の地の牛乳やチーズは好き？」

「ええ勿論《もちろん》。何度もお世話になったし、北の地のチーズや乳製品は質がいいからね」

「そう。乳製品は北の地で一番強みのある商品なんだけど、キヨはこれらが外に出て行って、他の地で美味しい名産品になってばかりなのを危惧《きぐ》しているんだ」

「……あ、もしかして天神屋の地獄まん、みたいな？」

「まー、そうともいう」

お気楽に笑う春日。私は冷や汗。

確かに地獄まんは、北の地のクリームチーズを練りこみ、天神屋の温泉の蒸気で地獄蒸しした シンプルなチーズ饅頭《まんじゅう》だ。

そしてそれは、天神屋で生み出された土産の大ヒット作となった。

「でも地獄まんはありがたかったみたいだよ。北の地産クリームチーズ使用って、でかでかと宣伝してくれていたからね。おかげでチーズが一般のあやかしたちにも知られてきたし」

春日は私を見て、「名付け親はあたしだしね」と、おちゃめに笑った。

「地獄まんが流行《はや》ったからっていうのもあるけど、あちこちでチーズを使ったお菓子やお料理が売り出されているんだよね。隠世の商人はたくましいから、すぐに流行を嗅《か》ぎつける」

「まあ確かに……私も、たまーに地獄まんに似たのを見かけるわ」

「あはは。でも流石に、天神屋の質のいい温泉で蒸すことはできないし、最初ってのがきっと大事なんだよ」

「北の地も……そういったものを生み出したいの？」

「うん、そういうこと。せっかくチーズが隠世で旋風を巻き起こし始めたし、この流れに乗らないわけにはいかないでしょう？　それに、葵ちゃんに力を貸してもらえる機会もそうそうないしね。キヨは文門の地でたくさんの本を読み、現世の文化や料理に憧《あこが》れを抱いていた。……葵ちゃんの生み出すものに、興味を持っているはずだよ」

「………」

キヨ様のことを、そこまで理解しておきながら。

それでも、お互いにまだギクシャクしたものを抱えている……

春日はやっぱりキヨ様が好きなのだろう。

だけどキヨ様は、春日をどう思っているのかな。

「さあ葵ちゃん、ぼんやりしてないでもっと食べよう。せっかくのお料理だし。葵ちゃんだって自分がお料理を振舞われるの、いやじゃないでしょう？」

「もちろんよ。次はどれにしようかしら」

「えっとねー、このチーズの味噌漬けが美味しくて……あ、待って」

さあ他にもじゃんじゃん食べようと意気込んだ時、春日がすぐに私を制止した。

「まずい。毒……かも」

「えっ」

春日は目を細め、ある氷の皿を見つめた。

冷菜の載った お皿。

見ただけでは分からない。お料理は特に問題なさそうだけど、春日は懐から手ぬぐいを取り出し、それで皿を挟んで持ち上げる。

「こ、このお料理に毒が盛られてるの？」

「いや……多分お皿かな」

「お皿⁇」

お皿、というワードに反応して、こんな時にチビが私の上掛けのポケットから出てきた。

「あー、かっぱのお皿がなんでしゅかー？」

「誰もかっぱのお皿とか言ってないから」

チビがテーブルの上のお料理をつまみ食いしようとしたので、慌ててひっつかんでポケットに戻す。毒入りかもしれないんだから！

一方、春日はお皿を持って、ゆっくりと暖炉に近寄った。

するとそのお皿はじわじわと溶けていく。当たり前といえば、当たり前の現象だ。

「この氷の皿、永久氷壁じゃなくて、氷柱女《つららおんな》とかの氷人族が作る普通の妖氷《ようひょう》で作られているね」

「冷蔵庫とかで使う、あの氷？」

「そう。何日間も保《も》つから普通の氷よりずっと溶けにくいけど、溶けないわけじゃない」

「お皿が溶けたことが……問題なの？」

「うん。水に毒を溶かして、それを妖術《ようじゅつ》で氷にして加工し、その食器にお料理を盛る。じわじわと溶けでるお皿の毒を利用して、狙いの相手を仕留める。そんな暗殺方法を、あたしここに嫁入りする前に、古い本で読んだんだよね。……あれ読んでてよかったな〜」

毒を盛られたかもしれないというのに、春日の語り方は嫌に淡々としていた。

「じ、じゃあこれは、毒入りのお皿なの？」

「その可能性はある。王宮の食器って、いわゆる陶器のものか、永久氷壁の食器しかないはずだから。永久氷壁の氷であれば、火に近づけても、たとえ炙《あぶ》っても溶けないんだ」

私は呆気《あっけ》にとられる。

そしてじわじわと、恐ろしくなってくる。なぜ、そんなことを。いったい誰が。

「あたしのことや、キヨのやろうとしていることが、気に入らない連中がいるんだよ」

私の疑問を察し、それに答えながら、春日は氷の皿を睨《にら》みつけた。

「キヨが賊の討伐に手こずっているって話をしたと思うけれどね。これがその正体。ここ氷里城で政治に携わる連中が、賊と繫《つな》がっていることがある。奴らが情報を流したりして、討伐作戦を邪魔したりするんだ。もともと跡目争いで血みどろになった城だし、それが今も続いてる感じ」

「ち、ちょっと待って！　でもそれを知らない、銀次さんたちは……っ！」

私は嫌な予感がして、みるみる青ざめて部屋を飛び出した。

もし、あんなお皿で食事をとったら、銀次さんたちが毒で死んでしまうかもしれない！

「あ、葵ちゃん、若旦那《わかだんな》様たちのお部屋はこっちだよ」

しかし私が反対方向へ走って行こうとしていたので、春日が私の袖《そで》を引っ張って軌道修正してくれる。

銀次さんたちのいる客室は、一部屋挟んだ隣だった。

「銀次さん、白夜さん、乱丸！　お料理はまだ食べちゃダメよ!!」

扉を開けた先で、銀次さんたち男性陣がすでにぺろっとお料理を食べてしまっているのを目撃。

「あああああああああっ！」

遅かった、遅かった！　私は思わず頭を抱えて絶叫してしまった。

「ど、どうしたんですか葵さん!?」

「やかましいぞ葵君、よそ様の御宅で」

「相変わらず声のでけー女だぜ」

銀次さん、白夜さん、乱丸はけろっとしているし、ついでに騒がしくしてしまった私を白い目で見ている。

「違うんだよ、みんな。私たちの料理に毒が盛られていたかもしれないんだ」

「えっ、毒⁉」

「それは本当か、春日君」

「うん。でも大丈夫。食べてないよ」

春日はその後、ここの皿も検分してみた。やはり皿は溶けない。

「若旦那様たちに毒が盛られてなかったってことは、あたしたちにだけ……ごめんね、葵ちゃん。多分、狙いはあたしだよ。葵ちゃんは、巻き込まれそうになったんだ」

春日はおそらく、日常から毒の危険に晒《さら》されているのだろう。安心して食べられずにいるから、少し痩《や》せてしまったのかもしれない。

私はそれがあまりにやるせなく、僅《わず》かに唇を噛《か》む。

「葵ちゃん、お腹すいたでしょう？　あたし、すぐに別の料理を用意させるよ」

「いえ、大丈夫よ春日。私、自分で作るから。春日にも何か作るわ」

私がはっきりと宣言すると、

「でた、葵君の病気が」

「ほんと料理バカだな」

「あはは。いつでもどこにいても料理が好きですもんね……」

白夜さんと乱丸、そして銀次さんまでが呆《あき》れ口調で何か言ってる。

今回ばかりは料理がしたいからするとか、そういう問題じゃないから！

「幸い宙船の厨房《ちゅうぼう》があるしね──」

「おいてめえ、何当たり前のように人様の宙船の厨房を使うつもりでいるんだよ。お前にはあの何とか号があるだろうが」

「夜《よ》ダカ号《ごう》のこと？　それも悪くないけれど、お料理が限られてしまうわ。それに今は共闘中でしょう？　青蘭丸《せいらんまる》の厨房くらい貸してくれてもいいじゃない。まああんたに何言われても、あの双子なら貸してくれそうだけど」

「チッ。人のとこの従業員を懐柔しやがって……ったくやってらんねーな」

乱丸は大げさなため息をついた。

でもこれ以上何も言ってこないので、要するに厨房を貸してくれるってことよね。

よしよし、しめしめ。

「葵君、先ほど若旦那殿には話したのだが、私は今日のうちに天神屋に戻る」

「えっ!?　白夜さんが、天神屋に!?」

さっきはしめしめと思っていたのに、白夜さんのこの知らせにコロッと慌てる私。

「何を狼狽《うろた》えているのだ、葵君。北の地の案件は、私より若旦那殿や折尾屋の旦那頭《だんながしら》の方が適任であろう。それに、若旦那殿がこちらにいる以上、天神屋には私が戻らねば。夜行会までにやっておかなければならないことが山ほどあるからな」

頼もしい白夜さんがここにいないのは心もとないが、確かに天神屋も心配だ。

私はしばらくして、素直に頷《うなず》いた。

「よろしい。春日君は出来るだけ葵君と共に行動するといいだろう。今回のことはキヨ殿には私から伝えておく。若旦那殿と折尾屋の旦那頭殿が、十分に二人を守るように」

「承知しました」

「なんで俺が敵の宿の従業員まで面倒見なきゃなんねーんだよ……ったく」

「まあまあ乱丸、いいじゃないですか、たまにはこういうのも」

「銀次、そのおめでたい頭が羨《うらや》ましいぜ。だいたいてめえはなあー」

銀次さんと乱丸はあーだこーだ言い合っている。

毒騒動で混乱している最中ではあるが、ふと思う。このような形で兄弟が協力しあい、北の地のプロデュースを担うことになるとは……

遠く離れた場所で生きていくと決めた兄と弟だが、時にこうやって手を取り合うのは、悪いことではないだろう。

その後、私は折尾屋の船に戻って、厨房を借りることになった。

双子は明日の早朝から北の地の港に行くとかで、すでに就寝中とのこと。「あいつらあやかしのくせに寝るのはえーんだよ」と乱丸はぼやいた。

「厨房にあるものなら何を使ってもいい。ダメなもんには双子がきっちり注意書きしてるだろうからな。そういうところだけはしっかりしてるから」

「ええ。ありがとう乱丸」

乱丸は私たちを置いてさっさと厨房を出て行った。

ふわっふわの赤毛の尻尾《しっぽ》を見送りながら、乱丸もちょっとだけ丸くなったかなあ……とか感慨深く思ったりする。

「さあて、何を作りましょうか、春日。あなたの好きなものを作るわ」

「ならカレー！　葵ちゃんの作る、夕がおで食べてたカレーが恋しいんだよう」

春日の注文は王道だった。カレー、かあ。

「ここにはスパイスは揃《そろ》ってそうだし、作れるかもしれないわね」

カレー作りに欠かせないスパイスも戸棚に並んでいる。

人参《にんじん》や玉ねぎ、じゃがいもなどの定番の野菜も、探せば見つかった。トマトも処分寸前のちょっと古いものが一つ。これカレーに使えそうね。

「あ、じゃがいもの産地はここ北の地だわ。新じゃがね」

「でも今年はじゃがいも不作って聞くから、結構値段が張ったんじゃないかなー」

「そういえば、そんな話を千秋さんがしてたわ」

「千秋が？　葵ちゃん、千秋と会ったの？」

「……ええ。地下街道で」

天神屋の下足番長・千秋さんは、春日の叔父《おじ》さんでもある。

春日は「ふーん」と何気ない反応だったけれど、千秋さんの行動は気になっているみたい。

「あ、見てこれ」

厨房に置かれていた食材の箱には、真っ白なキノコ。

「ああ、これは雪国でしか採れないキノコだよ。これもとっても美味《おい》しいんだ。ここにあるのはユキマイタケ、かな」

「この地のものってことは、双子がどこからか仕入れてきたのかな」

これもカレーに使えそうだ。しかしどれも触るとカチコチに凍《こお》って氷のように冷たい。

「北の地は険しい山脈に囲まれているから、山の雪の中でこそ育つ特殊なキノコがいくつかある。これらもそう。触ると冷たいけれど、調理すれば普通に食べられるよ」

「へえ。面白いわね。じゃがいも、キノコときたら、お肉……あ、お肉は使って良さそうなものがない」

冷蔵庫を覗《のぞ》くと、ここで私が何かしら調理すると予感していたのか、使ってはダメな食材に「ダメ絶対」と書いた紙が貼られている。極赤牛《きせきぎゅう》とか……

お肉がないのなら、別になくてもいいんだけれど。

「ところで、北の地では何のお肉をよく食べる？　どのお肉が主流かしら」

ついでに私は、春日に北の地のお肉事情も聞いてみた。

「う〜ん、そうだなあ。酪農で育てられる乳牛が多いから、牛肉はもちろんよく食べるよ。南の地の〝極赤牛〟みたいな銘柄の牛肉じゃないけど。あとは羊肉とか、岩豚《いわぶた》とか」

「ああ、岩豚。懐かしい」

岩豚は以前、北の地の山間《やまあい》のカク猿《ざる》の里で食べたことがある。

それに羊肉は、昨晩地下街道の民宿で食べた。やはりこの地ではよく食べるお肉なのか。

「意外と鶏肉《とりにく》は食べないんだよね。北の山の民だったら鶏を飼って食べているみたいなんだけど、都市部の氷人族は全然食べない。鬼門《きもん》の地では鶏肉をたくさん食べていたから、それが食べられないのがちょっと寂しいんだ。食火鶏《ひくいどり》のトリ天、恋しいよう」

「……そっか」

今、ここにも鶏肉は無い。

でも春日にはまた、鬼門の地の食火鶏を食べてほしいなあ……

「あ、ツナ缶」

お肉は無かったけれど、北の地産マグロを加工したツナ缶を発見。

それを一缶貰《もら》い、私たちは早速調理に取り掛かる。

ツナ缶は、いつもと少し違うカレーを作りたいという時にオススメしたい食材だ。

「春日も手伝ってね」

「はいはい」

そして当たり前のように、この北の地の若奥様に手伝わせる。

春日の準備も素早く、手慣れたもの。

私にはやっぱり、春日はまだ天神屋の仲居でいるような気がしてならず、夕がおをよくお手伝いしてくれた彼女に、あれこれ頼んでしまうのだ。

「玉ねぎのみじん切り、できたよー」

私がここにあったスパイスを調合し、よく混ぜ合わせていたところ、春日が涙ながらに知らせてくれる。

大鍋《おおなべ》で油を熱し、刻んだにんにくと鷹《たか》の爪をしっかり炒《いた》め、良い匂いが漂ってきたところで、粗みじん切りの玉ねぎを投入。その油でじっくりと玉ねぎを炒める。

「カレー作りではね、玉ねぎをこれでもかこれでもかってくらい、飴色《あめいろ》にしっかり炒めるのがいいのよ」

「でも早く食べたいよう。お腹すいたよう」

「わ、わかったわ……できるだけ時短します」

というわけで、これまた細かく切った人参やユキマイタケを鍋に投入。テキパキしっかりと炒め、そこにペースト状にしたトマト、ツナ缶、スパイスを加えながらよく混ぜ合わせることで、食材からじわじわと旨《うま》みを引き出す。

いつもなら、カレールーは別の平鍋などで小麦粉と水を混ぜ合わせながらしっかり作るけれど、今回は時短カレーなので、小麦粉無しでこの段階で食材と混ぜ合わせる。小麦粉が無くても、玉ねぎのとろみやツナ缶のオイルのおかげで、カレールーっぽいとろみというのは出てくるからね。

水を加えて煮込んでいくと、徐々にカレーらしい香りが漂ってきた。

あとはもう、頃合いを見てじゃがいもを加え、味を整えるだけ。

塩やお醤油《しょうゆ》、冷蔵庫に隠してあったチョコレートを、こっそりひとかけら貰って、カレーに加えた。ごめん双子……コクを出したくて。

「ご飯は、残り物があるよ」

「よーし。それいただきましょう」

なんだかもう、あれこれ食材をもらってばかりですが。

温め直した白ご飯にツナ缶カレーをかけ……完成。

「ずるいでござる。拙者もカレー食べたいでござる」

「あ、サスケ君がカレーの匂いに引き寄せられてどこからともなく現れたわ」

「サスケ君久しぶりー。相変わらず変なところから出てくるね」

「春日殿も、相変わらず図太そうでござる」

というわけで、私と春日、サスケ君の三人はカレーを盛り付けたお皿を持って、厨房の隣にある食堂へと向かう。

お待ちかねのカレーは、ツナ缶独特のコクと塩気をカレー色に染め、ほわほわと良い匂いを漂わせている。

「ああ、ほっくほく〜。カレーのじゃがいもってあたし大好き」

「拙者もでござる。ツナ缶のカレーもいけるでござるな。白ご飯とよく合うでござる」

「でしょう？　お肉とは違ったマグロの旨みがあるし、いい味のついた油が使えるからね」

春日とサスケ君は、さっそくカレーをガツガツ食べる。

二人とも、見た目が小さいから、子どもがカレーを食べているみたいで可愛い……

カレーは元気を出したい時にこそ食べたいご飯よね。

「こんなに安心して食べるの、久しぶりかも。おかわりしちゃおうかな」

「……どんどん食べてちょうだい、春日」

食べることは生きること。幸せを感じること。

それなのに、食べることが死と隣り合わせだなんて、許せないもの。

さあ、私も食べてみましょう。お味のほどやいかに。

「ん、雪国のキノコも食感が面白いわね。シャキシャキ、サクサクしてる。冷たくはないんだけど、食感は氷みたい」

「でしょう？　煮ても焼いても、この不思議な食感は失われないんだ。だから雪国のキノコって、北の地では〝冬の王の落とし子〟とも呼ばれていて、古い信仰もあるくらい。様々な効能を持ったものが多くて、薬としても使われているんだ」

冬の王の落とし子……。

実りのない冬でも、雪の中で育ちたくさん採れて栄養もあるので、冬の王が民に恵んだ宝物、ということを意味するのだとか。

「北の地にも、優れた食材が色々とあるのでござるな」

「そうね。北の地の食材、調べたらいいものがたくさん出てきそうだから、この地の名物料理を考えるのも楽しみになってきたわ」

こんな夜でもカレーの匂いに誘われて、船にいた折尾屋の従業員たちがそわそわと食堂を覗いている。

そこには昔、折尾屋で私をいじめた連中もいたが、そんなことは今更もう気にしない。

一歩外に出たら、凍えてしまう極寒の地だ。

ならば皆でカレーを食べよう。
体と心をポカポカに温めてしまおう。

幕間　春日とキヨ（二）

それは遠い昔のこと。

顔色の悪い少年は、病院の窓辺からハラハラと舞う雪を見つめながら、光彩のない瞳《ひとみ》を曖昧《あいまい》に瞬《また》かせている。

『ねえ、春日《かすが》。僕はきっともうすぐ死ぬよ。見えているものの景色がね、少しずつ、少しずつ、薄く灰色になってきているんだ。最後は多分、北の地の一面の雪景色と同じくらい、真っ白になって、何もかも消えてしまうんだろうね。きっと僕は、何も残せず、誰にも知られずに、まっさらになって死んでいくんだ』

『どうして？　あたしはキヨを知っているし、キヨを忘れない。そもそもキヨは、死んだりしないよ』

『……でも、僕の心の臓は、もう』

『ねえキヨ。前に現世《うつしよ》に行きたいって言ってたでしょう？　あたし、ばば様から通行札を貰ってきたの。これで現世に行けるよ』

『え……？　で、でも、そんなの無理だよ。僕、病気だし……それに現世はあやかしにとって危険だ。憧《あこが》れはあるけれど……』

『大丈夫、あたしも行くから。キヨと一緒に、あの真っ赤な塔を見てみたいんだ！』

少年の瞳に、光が宿る。真っ白な頬に、ほのかな赤みが浮かぶ。

『春日。僕と一緒に来てくれるのかい？』

『行くよ！　あたしだって、まだ知らない世界をキヨと一緒に冒険したい！』

あたしたちはその後、現世という、未知なる人間の世を、異界の広さを知るのである。

◯

折尾屋《おりおや》の宙船《そらふね》で葵《あおい》ちゃんの手作りカレーを久々に食べた。

この満腹感を幸せに思いながら、早足で氷里城《ひょうりじょう》の廊下を歩いているとき、ふとキヨが今も仕事をしている執務室の前で立ち止まる。

ちょっと覗き見をして、しかし深刻な表情でレサクと何かの資料と向き合っている姿を見て、声をかけるのをためらった。

そのまま、屋上へ。

そこには甘酸っぱい果実の香りに包まれた菜園がある。立ち寄ろうかと思ったが、首を振って、急いで自室へと戻る。周囲を警戒しつつ、だけど。

無事に戻れたら、寝台に倒れこむ。そのまま、氷の天井を見上げた。

北の地に来てから、忙しいキヨとは夫婦らしく過ごした日なんてない。

それに、キヨは私と話をしていても、いつも目を伏せ、寂しそうに笑うばかり。

あたしが望んでここへ来た訳ではないと、思っているのだ。

「キヨの助けになれたらと思ってここに嫁いだけど、何にもできてないなあ」

あたしより、昨日ここへやってきた葵ちゃんの料理の方が、北の地に貢献できるのだろうな。

そう考えたら、自分がここへ嫁いだ意味って、本当にただ、文門狸《ぶんもんたぬき》の政略的な役割しかない気がした。

でも……あたしは確かにキヨのことが好きだったし、今もやっぱり好きだ。

あまり好かれていなくても、せめて何か役に立ちたい。

様々な病をぶら下げている北の地を、小さなことでもいいから助けられたら。

『春日は、何もしなくていいよ』

しかし、心をよぎる、キヨのあの言葉。

確かに、あたしが何か目立った行動をするというのは、氷里城のあらゆる者たちに刺激が強い。なぜなら、あたしが隠世《かくりよ》の右大臣の娘だから。

「ねえ、イタキ、あたしは本当に何もしなくていいのかな」

天井に向かって声をかけると、氷の板が一つ外され、くノ一が顔を覗《のぞ》かせる。

「は。キヨ様は春日様を危険な目に遭わせたくないものと」

「わかってるよ。だからこそ悔しいんだ。ただここにいるだけだから。このままじゃ文門狸から贈呈された狸の氷像だよ、あたしなんか」

「……春日様」

イタキはこの城で前八葉《はちよう》の身を守っていたお庭番の一人で、今はキヨに引き継がれた者。キヨの側にいるレサクも、前八葉から直接引き継がれた側近だった。

前八葉は長年病に臥《ふ》せっており、今は文門《ぶんもん》の地《ち》の大病院にいる。自分が八葉を退位した際、氷里城の権力争いや賊との紛争で、キヨの命を脅かすことをとても恐れていた。

特に厄介なのは〝旧王族〟と呼ばれる、氷里城の権力者たち。要するに、キヨの親族にあたる者たちだ。

彼らは北の地の民が横暴な賊や、不景気に苦しめられていても、知ったことではない。

自分たちの立場が守られ、懐が潤っていれば、それでいいような連中だ。

キヨは長年北西の地の大病院にいたこともあり、文門狸の後ろ盾を得た状態で北の地の八葉に就任することができた。

旧王族のほとんどは、文門狸が睨《にら》みを利かせたことで表立って権力を振るうことはできなくなり、キヨは信用のできる者たちと共に北の地の改革に踏み出すことができた。

しかし旧王族は表立って動かなくなった裏で、賊を利用し、キヨのやる事なす事を阻止し、命すら狙っている。

おそらく折尾屋の船が賊に襲われ、針路を妨げられたのも、奴らの誰かが空賊《くうぞく》にその情報を流し、そそのかしたからだろう。

まあ、八葉の宙船が空賊ごときに負ける訳がないんだけど。

キヨは空賊や山賊に手を焼く一方で、経済も立て直さなければならない。

妖都《ようと》を巻き込んで大きな騒動に発展しつつある、天神屋《てんじんや》の問題を、一つのチャンスと考えたのだろう。

天神屋がまずここに協力を要請することを、キヨは読んでいた。

折尾屋がくっついてきたことは予想外だったみたいだけど、おかげで三つの地での協力態勢が整い、観光地として再開発する目処《めど》がたった。

天神屋と折尾屋と繋《つな》がることができれば、未来への可能性は切り開けると……

「でも、賭《か》けといえば賭けだよね。妖都を敵に回すことになるし。最終的にこちら側が勝てるかもわからないのに」

「……キヨ様は現実的なお方ですが、正義と大義を忘れません。もとより妖都とは密接な関係も持たない我が大地。痛手もそうないものと」

「そうか。そうだね。イタキ」

キヨはまだ八葉になったばかりで、味方も少ない。

文門狸の後ろ盾があったとしても……

あたしが言うのもなんだけれど、彼らはいつ手のひらを返すかわからない。北の地を切り捨てることなんて、ばば様や父様からすれば、簡単なことなんだ。

だからこそ、情に厚い天神屋や折尾屋と、キヨにとって良い関係を築けるといいな。

葵ちゃんの生み出すお料理が、キヨと北の地の憂いを晴らしてくれたら。

あとはせめて、北の地や八葉などとは関係なく、キヨ自身が好きなことを楽しんだり、心安らげる時間があるといいんだけれど。

多分、キヨの幼馴染《おさななじみ》だったあたしにしか気付けないことがあると思うんだ。

確かキヨは、本を読んだり図鑑を見たりして、好奇心を高め、自分の知識を深めることが好きだった。

「……本」

あたしはその流れで、あることを思い出し、寝台の上で勢いよく体を起こす。

そして、嫁入り道具としてここに持ち込んだ荷物の箱を開けて、ゴソゴソとあるものを取り出した。

それは写真の載った古いガイドブック。

葵ちゃんが少し前まで住んでいた、現世の、日本のものだ。

表紙には、デカデカと赤く光る塔の写真が写っている。

「確かキヨは、この赤い塔が見たいって言った。だからあたしは、キヨを……連れ出して」

そう。あたしは院長ばば様の目を盗んで、異界の通行札を発行し、キヨを現世に連れていった。そしてこの赤い塔を目指して歩いた。

途中で疲れて、お腹がすいて、ある喫茶店で何か食べたんだけど……

あれはなんという〝お菓子〟だったっけ。

第三話　北の地プロデュース

「昨晩は大変申し訳ありませんでした、葵《あおい》さん」

翌日、銀次《ぎんじ》さんと共に氷里城《ひょうりじょう》のキヨ様の下を訪ねると、キヨ様は私に深く頭を下げた。

「氷皿の件は、我々の不注意です。恐ろしい思いをさせてしまいました」

「いいえ！　いいのよ、結局あの氷の皿に、毒は溶け込んでいなかったんでしょう？」

「……はい。しかし、永久氷壁の氷の皿を使用していたはずなのに、どこかで普通の妖氷《ようひょう》の皿にすり替えられていた事こそ、問題です。これは我々に対する脅しのようなもの。次は、本当に毒を使ってくるかもしれません。ただいま、犯人を追っているところです」

キヨ様の表情は硬く険しい。

彼にしかわからない、この状況が意味するものがあるのだろう。

銀次さんはキヨ様に「頭をお上げください」と言う。

「我々も迂闊《うかつ》でした。北の地の内情が混迷している事は、承知していたのですが。しかし折尾屋《おりおや》の船は安全ですから、我々はこちらを拠点に活動致します。ご心配なさらず」

「はい。そちらの方が、良いでしょう」

「それと、白夜《びゃくや》さんはもうご出立されましたか？」

そう尋ねると、キヨ様は「ええ」と頷《うなず》いた。

「白夜殿は今朝早くにここを発《た》たれました。その際、こちらで揃えた北の地の代表的な食材を見ていただいています。安全面などもしっかりと確かめましたので」

キヨ様の背後の台の上には、様々な食材が並んでいる。

牛乳や生クリームなどはもちろんのこと、チーズは塊で様々な種類のものが。

やはりこれら乳製品をメインに揃えている。

「この地でのチーズは、もともとは山の民が編み出したものです。もうずっと昔からあるのですが、最近は様々な製法が編み出され、随分と食べやすくなりました。北の地のあちこちに牧場があり、氷里城直営の、大規模なチーズ工場も存在します」

そしてキヨ様は順番に、この北の地の食材をアピールした。

「魚介類も、北海《ほっかい》でしか入手困難なものがあります。カニやホタテ、マグロなど……ここにはありませんが、いくらや牡蠣《かき》なども」

「今朝折尾屋の料理人の方々が北海の漁港に向かわれたので、より新鮮なものを入手しているかと」

銀次さんがキヨ様の話に付け加える。キヨ様も頷いた。

「ええ。他にもそれらを加工した缶詰めや瓶詰めがあります。ツナ缶を始め、カニの缶詰め、ホタテの缶詰めなど、多種多様です。氷里城では、加工食品の工場も、いくつか直営しております。冬に備え、民に欠かせないものになりますので」

なるほど。昨日使ったツナ缶も、そういえば北の地産だった。

さっきから色々と聞いていると、氷里城って基本は工場運営を生業《なりわい》としていて、その拠点というところかしら。各八葉《はちよう》は様々な商売をしているが、氷里城はかなりミステリアスだった分、内情も見えてきた。

またお肉だと、北の地特有の岩場で育てる家畜、岩豚や、雪羊が有名。

「北の地では肉の加工品も必須《ひっす》で、腸詰めや燻製《くんせい》も多様にあります」

「ほんとだ。ウィンナーやベーコンに近いものですね。うわあ、食べてみたい」

野菜だと、最もメジャーなじゃがいもが今年は不作だったが、それ以外にも、雪下大根《ゆきしただいこん》や、霜降白菜《しもふりはくさい》、ちぢみほうれん草といった、冬野菜もあるとか。

「冬の北の地は野菜に乏しいって聞いていたけれど、こうやって見ると結構ありますね」

「そうですね。この地の欠点は、冬の間に育つ農作物の少なさにありましたが、近年では文門大学《ぶんもんだいがく》の協力もあり、寒さや雪を利用して栄養価を高めた、特別な野菜が開発されています」

キヨ様はまるまるとした霜降白菜に手を向けて、説明をしてくれた。

「雪の下で育った大根や霜にさらされた白菜などは、葉を甘くする特徴があります。生で食べても甘く、美味《おい》しいのです。ただ管理が大変なので、北の地で一般的に食べられているものでもなく、市場に出回る数も少ないです」

「なるほど」

これらの食材を使ってどんなお料理を作ろうかと考えてみたいところだが、私はまず、あることを確かめた。

「ところで、北の地のご当地名物というのは、どのようなものをお求めでしょう。持ち帰りのできるお土産なのか、この地の飲食店などで食べるお料理なのか。私は、この地に来てこそ食べられるもの、食べる価値のあるものがいいかと思っているのですが」

「ええ、確かにそちらの方が、我々としてもありがたいですね」

キヨ様も危惧《きぐ》していたが、ここから食材が出て行き、他の地で生み出される名物ばかりではなく、この地に来なければ食べられないもの、この地で食べなければ意味がないものにしなければならない。

「もちろん手土産なども、ここへ訪れた者が持ち帰ったり、配ったりする際、北の地へ行ってきた証《あかし》となるので大切ではありますが。ただ最近では、その場所へ訪れてこそ体験できるもの、食せるものが、重要性を増しているような気がするのです」

「ええ、そうですね。私もそうだと思います」

モノより思い出、というわけではないけれど、体験が価値を高めている昨今だ。

隠世《かくりよ》のあやかしたちが、北の地へ訪れてでも食べたい、と思うものってなんだろう。

やっぱり、流行《はや》りつつあるチーズは、欠かせないだろうな。


さっそく折尾屋の青蘭丸《せいらんまる》に戻り、厨房《ちゅうぼう》を借りた。

すでに厨房には、キヨ様が用意してくれていた食材が運ばれ、台に並んでいる。

「それにしても、見事なチーズの塊ですね」

銀次さんの言う通り、ゴロンと塊で置かれているチーズの存在感ったらないわね。

「隠世じゃあチーズはまだまだ高価だから、こんなにも多種多様なチーズを貰《もら》えるなんて嬉《うれ》しいわ。黄金のお宝の山に見えてきた」

私と銀次さんは、折尾屋の宙船《そらふね》の厨房で数々のチーズを物色しながら、傍らには北の地の郷土料理がイラスト付きで描かれている本を開く。

「この土地では、本当にずっと昔から乳牛と共に暮らし、日々乳製品に親しんでいたようです。内向的な民族性から、乳製品が幅広く外部に普及することはありませんでしたが、最近は食べやすいものが多く開発され、それがじわじわ広まり、チーズの流行の兆しを作ったとか」

「チーズの質は本当に素晴らしいからね。私も、北の地のチーズ大好きだし」

とはいえ種類は様々。基本的にはどれも、ナチュラルチーズ。

クリームチーズなどでおなじみの熟成させないフレッシュタイプは、柔らかくてクセが無く、食べやすい。お菓子作りにもお料理にも使える。

一方で、しっかりと熟成させた硬いチーズもある。ハードタイプは冬の間の保存食として発達したみたいだ。お料理には削って使ったり、また火で溶かして食べるととても美味しい。

白カビや青カビのタイプは銀次さんが好きそうだなあ……お酒のおつまみに、時々おじいちゃんも食べてたし。

「葵さんはチーズ料理に関して、すでに案があるのでは？」

「そうねえ。チーズ料理は色々とあるのだけれど、できるだけ多く北の地の食材を楽しめる物がいいと思うの。冬の北の地で……雪景色を見ながら食べるのが乙なお料理」

「と、言いますと？」

「まずは〝チーズフォンデュ〟を推したいわ。チーズをたくさん活用するものだから、これらが豊富に手に入る北の地でしかできない、贅沢《ぜいたく》なお料理だと思うのよ」

「ちーずふぉんでゅ……ですか？」

銀次さんは顎《あご》に手を当て、首を傾げている。

「あら、現世《うつしよ》のお料理にも詳しい銀次さんが知らないなんて珍しいわね。なら隠世のあやかしたちも当然知らないということね」

しめしめ。それならそれで良い。

誰も知らなければ知らないほど、このお料理はインパクトがあるだろうから。

「簡潔に言うなら、チーズ鍋《なべ》よ。チーズとお酒を鍋で溶かし混ぜて、長い串《くし》に刺した具材を浸すの」

「浸すって……チーズのお鍋にですか？」

「そうよ。とろとろのチーズを具材に絡めて食べるの。食材はなんだっていいけれど、硬めのパンや、ウィンナーやじゃがいも、人参《にんじん》が王道。どれも北の地でよく食べられるものだわ。あとはせっかく海の幸も豊富なんだから、エビやホタテもチーズフォンデュの具にしたいわね」

「なんか、聞いてるだけでたまらなく美味しそうですね……」

「たまらなく美味しいのよ。私も隠世で、チーズフォンデュを作ることになるとは思わなかったけれどね。今から、ここにあるもので試してみましょう」

「はい、楽しみです！」

現世ではスイス発祥の料理として有名だったかしら。

私がこれを初めて食べたのは、祖父と過ごした初めてのクリスマス・イブの日。

普通ならチキンとかステーキとか、子供が好きそうな王道のご馳走《ちそう》を用意するだろう。

しかし祖父はそれまで孫というものと暮らしたことがなかったからか、それとも子供はチーズが好きだろうという発想からか、はたまた誰かに勧められたのか……土鍋とコンロを使って、こたつでチーズフォンデュを作ってくれたのだった。

本人はあまり好きではなかったパンも、わざわざ買って用意してくれて。

細い串に、切ったバゲットやウィンナーなどの好きな具を刺して、とろけたチーズを絡めて食べるのは初めての体験で、子供ながらにワクワクしたものだ。

祖父はワインの味が濃い方が好みだったと思うのだけれど、この時ばかりは、食べやすく料理酒だけにしてくれて。それがとても美味しくて……

「史《し》郎《ろう》殿にも、そんな孫思いなところがあったんですねぇ」

「でも途中で混ぜるのを怠って焦げ付いちゃったんだっけ……焦げたチーズも、あれはあれで美味しかったけど」

食べて美味しいだけじゃなくて、自分で具材を選んだりチーズを絡めたりと、楽しさもあるお料理だからこそ、この地で体験するものの一つとしても、アリだと思った。

何より現世のお料理って感じもするしね。

「とりあえず、チーズフォンデュに一番良さそうなチーズを選びましょう。これとかどうかな」

ゴロゴロと塊でそこにあるチーズたちを、小刀で切り取って一つ一つ味見しながら、チーズフォンデュにふさわしいものを見つけた。

セミハードタイプの、食べやすい味のチーズ。

これを使って、私たちはやっとチーズフォンデュの試作に入る。

用意したチーズを小さく角切りにして片栗粉をまぶし、下準備。

銀次さんには、試食で使う具材の準備をしてもらいながら、私は土鍋を用意した。

にんにくの断面を土鍋に擦《こす》り付けて鍋を温める。そこに白ワイン……ではなく、料理酒と牛乳を注ぎ、チーズを溶かしていく。

料理酒に白ワインのような独特の香りはないが、だからこそクセがなく、子どもも食べやすい味になる。昔、おじいちゃんが作ってくれた味。

「わあ、チーズが魅惑的なとろけ方をしていますねえ」

「ねー。この鍋を見つめているだけでスイスの山奥に来たみたいよ。チーズがとろけたら、ナツメグと塩コショウで仕上げて……と。うん、いい感じ」

ほわほわと漂うチーズの香りを、思い切り吸い込んだ。

……ああ。なんでこう、とろけたチーズの誘惑に我々は抗《あらが》えないのだろう。

ちょうど銀次さんが、北の地特産の岩豚の腸詰めを茹《ゆ》でてくれていたので、それを切って竹串《たけぐし》に刺し、土鍋の中のチーズを絡めた。

それがとろーりと落ちてしまう前に、パクリ。

「あっつ……」

最初こそ、熱々のチーズと、さらにはパリッと弾《はじ》けたウィンナーから溢《あふ》れ出た肉汁で、口の中を火傷《やけど》しそうになったけれど、はふはふと口を動かし、まったりとしたその味わいを楽しみながら、やがて飲み込む。

はあ。美味しい。美味しすぎる。

まるで冬の山小屋の中にいる気分。一歩外に出ると寒くて仕方がない場所でこそ、とろけたチーズの、温かなお料理が嬉しい。

「いやー、でもこれたまりませんね。お酒が欲しくなります」

「チーズも美味しいけれど、この岩豚ウィンナーの皮のパリッと感と肉汁も凄《すご》いわ。チーズとの相性は流石ね。こういうの、隠世じゃあ珍しいんだから、もっとちゃんと売り出せれば大きな武器になりそうなのに……」

ちょっと試食してみようって話だったのに、他の具材で試したくなる。

ああ、パンも焼いておけばよかった。

「わっ、なにこれ」

「ちょーチーズ臭い」

ちょうど双子の戒《かい》と明《めい》が、厨房にやってきた。

彼らは朝から北海の港に赴いていたということだが、今しがたこの折尾屋の船に帰ってきたみたいだ。

「厨房、借りてるわよ。ちょうどチーズフォンデュを作ってるの」

「チーズフォンデュってなに？　それより聞いてよ！」

「北の地の海産物はやばいよ！」

双子はコロッと話を切り替えて、ずいずいと私たちに迫る。

戒も明も、珍しく興奮気味で慌ただしい。

どうやら北海の港で試食してきた海産物にかなりの衝撃を受けているらしく、それをどうしても私に伝えたいらしいのだ。

「何を食べてきたんですか？」

銀次さんが問うと、双子は数秒ほど思い出すように宙を見つめた。

「大粒いくら」

「真鱈《まだら》の白子」

「マグロの大トロ」

「ホタテのバター焼き」

「うん。絶対美味《おい》しいオールスターズね」

それも、獲れたて新鮮、旬の味わいなのだから、美味しいに決まっている。

ただ双子はどこか気の抜けた顔をして、肩を落としている。

「あそこまで食材が美味しいと、料理なんてしょうがないよね」

「ねー。脂ののった大トロがさー、ちょっとのお醤油《しょうゆ》をつけて一口食べたらすっと溶けちゃって。なんかもう甘くって幸せで、最後の晩餐《ばんさん》はこれでいいやってなる……」

「ホタテもこんなに大きくってさあ。殻をお皿にしてバターのっけて、炭火で焼くもんだから、美味しくないわけないわー」

「ホタテはお刺身にしても最高だった。素材が美味しすぎると、逆に料理したくなくなるんだよね。萎《な》えるー」

「それを料理人が言っちゃっていいわけ？」

ぶっちゃけすぎな双子であるが、話を聞けば聞くほど、私も北の海の幸の味を妄想してしまう。あまりに美味しそうで、生唾《なまつば》を飲み込んだほど。

いけないいけない。私はここでやらなければならない使命がある。

「確かに、あんたたちの言わんとしていることもわかるけれど、今私がここで作ろうとしているものは、それなりに料理人の熱意が必要よ。あんたたちも食べてみる？」

双子はやっとチーズフォンデュに興味を持ってくれ、土鍋を覗《のぞ》き込む。

「チーズかー」

「チーズって、僕ら乱丸《らんまる》様にこっぴどく怒られた思い出の食材じゃん」

「ねー」「ねー」

「あら、懐かしい話を持ち出してきたわね」

それは、南の地の折尾屋で過ごした夏のこと。

私がチーズを望んだせいで、双子が乱丸に黙って、高級客間のルームサービス用チーズを持ってきてくれたことがあったのよね。

それで双子はこっぴどく怒られたのだけれど……今でも覚えているのなら、何だか申し訳ない。

「この串って、竹串？」

「食べていい？　食べていい？」

しかしなんだかんだと言って、串にお好みの具材を刺してスタンバイ。

それぞれ、蒸したじゃがいもや茹でた人参を竹串に刺して、土鍋のチーズに浸してから、それを持ち上げる。

やはりとろけ落ちそうなチーズに慌てながら、急いでパクリ。

「……うーん」

「どうかな……」

しかし双子は首を傾げた。

「うそ、ダメだった？」

「ダメっていうか、美味しいんだけど」

「隠世のあやかしたちにはまだハードルの高い味かもしれないって」

鈍い反応の双子に、多少ショックな私。

「……馴染《なじ》みがない、ということですか？」

「そうそう」

双子は銀次さんの言葉に頷《うなず》きつつ、もう一口それぞれの具材にチーズを絡めて食べている。

いやー、確かに美味しいんだけど、と言いながら。

「今隠世ではチーズ味のものは流行の兆しがあるけど、それって基本お菓子ばかりで」

「チーズ料理はまだまだ浸透していないんだ」

「まあそこが、狙い目っていうのはわかるけれど。でもこれだけじゃあチーズすぎる、っていうか」

「もう一手間、あやかしたちが馴染みやすい味わいを付け加えた方がいいかも」

チーズすぎる、か。なるほど。

戒と明の言い分はもっともだ。私にとっては食べなれたチーズの味も、隠世の一般的なあやかしたちにとっては、まだまだ未知の食材だ。

そもそも、今まで北の地ではチーズが食べられていたのに、他の地に流れていかなかったのだから、それだけチーズというもののハードルは高いのだろう。

現世の日本でも古くからチーズのような存在はあったにもかかわらず、確かチーズが親しまれるようになったのって、チーズケーキが流行《はや》ってからと聞いたことがある。

それって結構、最近のことだ。現世でもそうなのだから、隠世ならば今のチーズ系のお菓子の流行ののち、チーズというもの自体が浸透していくことになる。

そう、もう少し、先の話だ。

「なら、隠世のあやかしたちに馴染みやすい味わいになるよう、工夫しましょう」

「醤油を入れるだけでもだいぶ変わると思う」

「味噌《みそ》や出汁《だし》入りでも美味しそうだけど、やっぱり醤油かなあ……甘めの醤油」

双子が、チーズというものの味を確かめつつ、これにふさわしい調味料を導き出す。

先ほどまで食べていたものの土鍋に醤油を足して味を整え、もう一度温め直して試食してみると、やはりこちらの方があやかしたちには馴染みやすそうで、結果的にかなり美味しいものが出来上がる。

チーズとお醤油って、確かにとても合う食材どうしなのよね。

「醤油入り、正解ですね」

「さすがだわ二人とも」

「いえーい」

「いえーい」

ゆるくハイタッチする双子。優秀なんだけれど、テンションは相変わらずだなあ。

銀次さんなんて、ガリガリとメモを取っている。

チーズと醤油……ここ大事、みたいな。

企画書として提出するために、さりげない会話の中で出てきたアイディアも忘れないようにしているみたい。

しかし直後、

「銀次ぃ！　てめえなにのうのうとしてやがる！」

ドスの利いた声で銀次さんを呼びながら、乱丸が厨房《ちゅうぼう》にやってきた。

「料理バカ共と戯れてる場合じゃねえ、今から氷麗神社《ひょうれいじんじゃ》の視察だ。行くぞ！」

「ええ！　今日ですか？　確か明日では？」

「予定が変わったんだ。何やら凄いもんが観られるとか何とかで」

「？」

私と銀次さんは顔を見合わせる。凄いもんって、何？

「しかし私は今、葵さんと一緒にチーズフォンデュの考案中でして……」

「ああ？　チーズ……何だ？　そんな訳のわからん言葉で俺を誤魔化そうったってそうはいかねえぞ」

「これよ。乱丸も試食してみる？」

「………」

乱丸は得体の知れないものを見る目で、チーズフォンデュ鍋《なべ》を覗く。

「なんだこれ、えぐいな」

「えぐくないわ。美味しいの」

とりあえず、肉が好きそうな乱丸に、茹《ゆ》でたウィンナーを刺した竹串を手渡し、チーズに浸して食べてみるよう促した。乱丸は、胡散臭《うさんくさ》そうにしているけれど。

ただウィンナーは食べたいみたいで、ついでに土鍋のチーズも絡めてくれた。

「ん⁇」

最初こそ不思議そうな顔をしていたが、ウィンナーがやっぱり好きみたいで、もう一つ串に刺してチーズを絡めて食べている。

食べ終わった頃には落ち着いた乱丸になっていて、手ぬぐいで口元をぬぐい、

「まあ確かにこの料理にはインパクトがありそうだがな。あとは小娘に任せておけ。折尾屋の宙船は警備も万全だ、安心しておけ」

そして銀次さんの襟を引っ掴《つか》むと、そのままズルズルと引きずってこの場を後にした。

「葵さーん、あとで企画書を書くので、これから作るものとか、大事なことは、ちゃーんとメモしておいてくださいね〜〜〜」

去り際に大事な事を叫んでいる銀次さん。

赤い尾と、銀の尾が揺れる様を見送りながら、あの二人が並んでいる姿というのは絵に

なるなあと思ったりした。

その後、チーズフォンデュに使えそうなパンを焼いた。

双子がパン作りを教えてほしいってことで、チーズフォンデュではおなじみのバゲットの焼き方を教えていたんだけど、さすがに呑み込みが早くて、技術的にすぐ追い抜かれそうで怖い……

それにしても、春日がなかなか来ないわね。

「おーい」

そんな時、手前のカウンターからひょこっと顔を出した、肌の浅黒い少年が一人。

「まあ、太一《たいち》じゃない！」

私は彼に見覚えがある。以前、折尾屋に攫《さら》われた時に、私の見張りをしていた夜雀《よすずめ》というあやかしの少年だ。

でも一緒にポテトチップスを食べたりして、それなりに仲良くしていたんだけれど。

「元気そうね。宙船に乗ってたなんて知らなかったわ」

「うん、この宙船で手伝いしてたんだ。ねえちゃんのご飯を食べに来てやったぞ」

太一の他にも、数人のあやかしの子どもがいるのに気がつく。

双子もカウンターからひょっこりと顔を出して、

「あー、そろそろ子どもたちの夕飯時だったわー」

「忘れてた。今焼いているパンとチーズフォンデュを、この子たちの夕飯にしてしまおう」

などと適当なことを言う。

天神屋《てんじんや》もそうだけれど、折尾屋も身寄りのない子どもの世話をしている。

彼らはお宿でお手伝い程度のお仕事をしつつ、働く術《すべ》を身につけているのだ。

流石にここに連れてこられているというだけあって、幼い子たちというよりは、しっかりしていそうな凛々《りり》しい年長組、という感じではあるが。

「おい、ご飯まだかよ双子！」

「お腹すいたんだけどー」

子どもたちは双子に向かって、ぶーぶー文句を垂れている。

「こいつらさー、僕らに全くありがたみを感じてないんだよね」

「生意気盛りっていうか。好き嫌いも多いし、ほんとやんなっちゃうよ」

双子はやれやれと肩を落とす。

彼らも小柄で少年ぽく見えるものだから、年下相手に悩ましくしている様子が珍しく、思わず私はぷっと噴き出した。

「まあまあ。みんな、まずは手を洗ってきなさい。温かいチーズのお料理を用意するから」

「はーい」

私の言うことには素直に従う、折尾屋の子どもたち。

その間に、私は先ほど一度作ったお醬油《しょうゆ》入りチーズフォンデュの材料を用意し、焼きたてのバゲットを一口サイズにカットした。

一方で双子が、他の具を用意してくれている。

「おーい、ご飯ご飯！」

いち早く戻ってきた太一がカウンター越しに急《せ》かす。

「わかったわかった。みんなで食卓を囲んで座ってちょうだい。大きなお鍋なんだから」

すると子どもたちはテキパキと食器やお茶を用意して、食卓を囲んで座る。

一応、しっかりはしているのよね。

「今日は〝お醬油風味のチーズフォンデュ鍋〟よ」

真ん中に妖火円盤《ようかえんばん》を敷いて、上に土鍋を置き、その場でチーズと料理酒を溶かし混ぜて、あれこれと調味料を加えてチーズフォンデュを作る。

「……うわあ」

「なにこれ、すごいすごい！」

徐々にとろけていくチーズに、誰もが興奮気味だ。

「串に、この角切りにしたパンを刺して、それにチーズを絡めて食べてね。今他の具材も用意しているから」

「はーい」

チーズフォンデュは子供たちに大好評。

皆が美味《おい》しい美味しいと笑顔になって、どんどん食べてくれる。たくさん切ったバゲットの減りも早い。

そこへ双子が、じゃがいもや人参、ブロッコリーなどの温野菜、北の地の角切りベーコンやウィンナー、茹《ゆ》でたホタテやエビを持ってきた。

なんて豪華。なんて贅沢《ぜいたく》。

「育ち盛りなんだから、野菜もちゃんと食べるようにね」

「お残しは許さないからね」

子供たちにしっかりと注意する双子。なんだか意外な面を見た気がする。

双子は一応、この子たちの前では大人のあやかしなんだよなあ……

「あんたたちが子供を叱っているなんて、不思議な気分ね。いつも叱られている側だと思ってたわ」

「今回は青蘭丸の船員の食事を任されているからね」

「寒い場所だし、子供たちに風邪をひいてもらったら困るし」

「…………」

やっぱり、彼らは立派な料理人だなあ。

普通ならば折尾屋の厨房を任されたいところだろうが、今回はこの青蘭丸で、船員たちに栄養のある食事を提供し、体調の管理を担うことを、役割と理解している。

でも、それは私と同じだわ。今回は、皆を元気付ける、そういう役割。

「あっ、そうだそうだ。ちゃんとメモ取っておかなくちゃ」

食べ終わり、お片づけをしている途中、大事なことを思い出して、慌ててメモしておく。

銀次さんに言われていたからね。

冬らしいし、雪国らしい、チーズのお料理。

子供たちも楽しそうに食べてくれて、よかったよかった……と。

幕間　銀次と乱丸

「わああ、これは見事ですねえ」

私、天神屋《てんじんや》の若旦那《わかだんな》・銀次《ぎんじ》は、北の地の誇る遺産の一つ、氷麗神社《ひょうれいじんじゃ》を訪れていた。

それは永久氷壁《えいきゅうひょうへき》の氷でできた巨大なお社《やしろ》で、隠世《かくりょ》でも重要な三つの神社の一つに数えられる。

雪化粧をした高い杉の木のそびえる山に長い石段が続き、それを上るとすでに足はガチガチに固まってしまっているのだけれど、氷の社は一見の価値ありである。

なんせ、隠世の、より古い時代に建てられたものだ。

「氷麗神社は、氷人族《ひょうじん》が崇める〝冬の王〟の社です」

「冬の王、ですか。童話でなら聞いたことがありますね」

「俺は、冬の王とは氷里城《ひょうりじょう》の城主のことだと思っていたが？　違うのか？」

乱丸《らんまる》の問いに、キヨ様は丁寧に答えた。

「氷里城の城主とはあくまで冬の王の代弁者であり、冬の王そのものではありません。冬の王とは、ここ北の地に古くから根付く精霊信仰の象徴のようなもので、その解釈は様々です。地域、民族によって、冬の王はそれぞれ違う形を持っています。大雑把に解釈するのであれば、それは大いなる自然の恵みと猛威そのものかと……」

そのようなキヨ様の説明を耳にすると、より神秘的に思える氷麗神社。

視察の後も、いくつかこのような氷の遺産を見て回り、夜が近づいた頃に、宙船《そらふね》でより北の方へと移動した。

キヨ様が言うことには、大氷河連峰《だいひょうがれんぽう》の気象塔の学者より連絡があり、今夜は北の空に珍しいものが現れるのだという。

たどり着くと、すでにその珍しいもの……極光《きょっこう》が観測できる状態だった。

隠世の極光とは、現世《うつしょ》のオーロラに近いものである。

キヨ様が気象塔の学者たちから状況報告を聞いている間に、いてもたってもいられず宙船の甲板に出てみた。温めた砂糖牛乳を片手に。

「はああ……まさか極光が見られるだなんて、思いもしませんでした」

私は感嘆の声を上げる。

隣で砂糖牛乳を飲んでいた乱丸は、逆に皮肉っぽい顔をして、吐き出すように笑った。

「はっ。北の空には割れ目があって、言い伝えによればそこは隠世で最も現世に近い場所なんだと。現世の霊力が流れ込んで、美しい極光を生むっていうんだから、羨《うらや》ましい話だぜ。南の海は、醜い常世《とこよ》の呪いが流れてくるっていうのによ」

「……乱丸」

それは、我々と南の地が抱え続ける事情であり、呪いのようなもの。かといって、北の地を手放しに羨ましいとも言えない。ここはここで、厄介な事情を抱えているのだから。

二人で再び、極光を見上げる。

空に浮かんでは揺れる、色とりどりの天女の羽衣のようだ。

この景色、葵《あおい》さんにも見せたかった。

「くくっ。お前の心の中が見て取れるぜ、銀次」

「はい？」

「お前、あの小娘にこの景色を見せてあげたかったーとか思ってただろう」

「えっ⁉」

乱丸の言葉にドキリとして、思わず九尾が逆立つ。

それを見て、乱丸はいっそう膝《ひざ》を叩《たた》いて笑った。

「あっはっは。相変わらずわかりやすい奴だなー、てめえはよ」

「…………」

こんなにも寒いのに、こんなにも顔が熱い。思わず俯《うつむ》いてしまった。

「銀次、てめえがあの娘に絆《ほだ》されるのは、まあ仕方がねえような気もするがな。ただ、それがもっと特別な想いなら厄介な話だぜ」

「……な、何を」

「何を、じゃねーだろ。他の誰もが気がついていなくても、俺は気がつく。南の地の儀式の時から、お前はずっと、あの津場木《つばき》葵を見ているじゃねえか」

「…………」

「大旦那《おおだんな》がいない好機に、心を奪ってやることすら出来ないくせに。そんなものを募らせていても、お前が苦しいだけだろう。前にも言ったがな」

私はぐっと奥歯を嚙《か》み、拳《こぶし》を握って、

「分かっていますよ」

絞り出すような声ではっきりと言い切った。そんなことは、分かっているのだと。

乱丸は押し黙り、ちらりと、こちらを見る。

「葵さんは大旦那様の許嫁《いいなずけ》です。そしてその許嫁という肩書きも、もうすぐ過去のものになるでしょう。葵さんの心は、すでに決まっていると思うのです」

「そうかあ？　あの娘、大旦那があんな状態なのにいつも通りじゃねえか。もっと落ち込んでいると思っていたが、アホみたいに料理のことばかり考えて。むしろ、誰よりお前に信頼を寄せているように見える。大旦那の名前が、あの娘の口から出ることもねえし」

「それは！　葵さんがそうすることでしか、爆発しそうな想いを抑え込む術《すべ》を知らないからです。……大旦那様が天神屋の大旦那でなくなるかもと知った時の葵さんは、それはもう、見ていられないくらいに弱々しく怯《おび》えていて。あんなに強く、向かい風にすら立ち向かう葵さんが」

　そんな彼女を、ひたすらに守ってあげたいと思う一方で、私は……

「困難に立ち向かう葵さんの手助けをするのも、自分の役割だと思っています。私はそれだけで……前に進む葵さんを見ているだけで、救われる」

「お人よしめ。大旦那に遠慮して、自分の心を押し殺すのはお前だってことか」

「……私は大旦那様を、誰より尊敬しています。最初から、こうなることは、分かっていたのですから」

　そう。最初から。

　大旦那様が、死ぬはずだった葵さんの運命を、その命すら削って変えた時から。

『銀次、手伝って欲しい。僕はある娘を助けたいと思っている。いずれ、僕の花嫁になる娘だ』

　その時は、尊敬する大旦那様の手伝いをするような感覚だった。

　雷の夜に大旦那様が幼い葵さんに会いに行き、状況は深刻だと私に告げてもなお。

だけど、暗い部屋でたった一人、飢えと孤独に打ちひしがれ、すでに死を受け入れているかのような幼い娘を直接見て……私自身が強く絶望し、願ってしまった。

この娘に、生きてほしい。

この娘に、幸せになってほしい。

だからこそ、大旦那様が今のように身動きできなかったあの数日の間、私が幼い葵さんの側にいて、少しだけ会話をし、食事を与えた。

最後の日には、大旦那様が命がけで用意した〝運命を変える食べ物〟を、幼い葵さんに食べさせた。

その後は人間に助け出されるようこちらで手配し、彼女はあの暗い部屋から救い出された。そしてふらりと現れた史郎《しろう》殿に引き取られ、健全な生活を送ることができたみたいだ。

月日は流れ、葵さんは再び孤独になる。

史郎殿が死んだからだ。

そして彼女は、再び大旦那様と出会い、隠世に導かれる。

今、葵さんは天神屋で働いている。私や大旦那様、他の皆と共に、時に困難にぶつかりながらも、笑顔を忘れることなく一生懸命日々を生きている。

出会った頃のことを思えば、奇跡のようだ。

葵さんは助かった。

ただし、一方で、大旦那様は……

「葵さんは、あの時の真実を知ればきっと、いっそう大旦那様を追いかけるでしょう。彼女が大旦那様を捕まえることができれば、私の役目は終わりです」

「……あの娘が、お前を好きになるってこともあり得るんじゃねーのか」

「葵さんが私を……それは、ない、ですよ」

そう言葉にした時、俯きがちだった顔を上げ、夜空を覆う極光を見渡す。

それが、あまりに美しいと思った。

眼の奥が熱く……吸い込んだ冷たい空気のせいで、喉《のど》がツンと痛くなる。

「言ったでしょう。私は大旦那様を敬愛しています。あの方には、大旦那として天神屋に戻ってきてもらわねば。そして、葵さんにも大旦那様にも、後悔のない選択をして、幸せになっていただきたい」

「しかし……銀次。お前自身もどこかでその想いに決着をつけねえと、いつか後悔するぞ。俺たちは磯姫《いそひめ》様にだって、何も伝えられないままだったじゃねえか」

「……………」

「人間なんて、驚くほど早く、いなくなっちまうんだからな」

確かに、乱丸の言う通りかもしれない。

だけどこれは、葵さんが生まれる前から始まっている、幾重にも重なる約束の物語。
最後まで見守るという、大旦那様との〝約束〟が私にはあるだけで……
それ以上は、決して踏み込んではならない。

第四話　春日の真心

その日の真夜中、双子と一緒に折尾屋《おりおや》の船員たちに出した食事の後片付けをしていた。

やはり春日がここに来ないことを不安に思う。

春日ったら、何かあったのかしら……

「ねえ、あとここ任せられる？　ちょっと氷里城《ひょうりじょう》に行ってみようと思うの」

「別にいいけど」

「大丈夫？　あそこ結構危険だって聞いたけど」

「大丈夫大丈夫。私には〝忍者〟がついてるからね」

さっそく青蘭丸《せいらんまる》を出て、氷里城に接した空中停泊場の歩道を渡って城内へと入る。

氷里城の兵士に胡散臭《うさんくさ》そうな冷たい視線を向けられるのは辛《つら》いが、今は入場の手形を持っているため、問題もなく。

「……あれ？」

「おや、葵《あおい》さん？」

ちょうどキヨ様が、銀次《ぎんじ》さんと乱丸《らんまる》、そしてお供のレサクさんと共に広い廊下を歩いていた。視察から戻ってきたところのようだ。

「お帰りなさい！」

私は銀次さんに目配せする。銀次さんはいつも通り、笑顔で「ただいま戻りました」と。

私は安堵《あんど》を覚えつつ、キヨ様に春日のことを尋ねてみた。

「春日が折尾屋の船に来ない？」

「ええ。どうしているかと思って。春日の部屋の場所を教えていただけますか？」

助手として彼女を求めたものの、当の本人が現れないとあっては、私も心配になる。

よかれと思ってやったことだったけれど、春日……本当は私のお料理のお手伝いを、もう二度とやるもんかと思ってたりして……っ！

「…………」

キヨ様はしばらく考えて、私たちに「ついてきてください」と言った。

「城主、あそこに関係者以外を立ちいらせるわけには！」

苦言を呈するレサクさんに対し、乱丸は、

「俺たちは行かねーぞ。朝風呂《あさぶろ》入って朝飯食わねーと。それでなくとも体が冷え切っているっていうのに。なあ銀次」

「え？　でも葵さんをお一人で行かせるなんて」

「バカ！　八葉《はちよう》の妻の部屋によそ者のヤロー共が詰め掛ける訳にはいかねーだろ。ここはそこの小娘に任せろ」

　バカとかヤローとか、言葉は汚いが、ある意味誰より確かな気遣い。

　乱丸は銀次さんをまた引きずって、ここから離れたのだった。

「……レサク、葵さんだけならば良いでしょう？」

「全く。若奥様も若奥様で、ご自分の役割を果たさず何をなさっているのか」

　レサクさんも私だけならばと了承してくれたみたいだが、やはり渋い顔をしていた。


「わあぁ……いい匂い。これ、いちごの匂いでは？」

　私は、キヨ様に案内され、氷里城の屋上にやってきた。

　屋上の平たい場所に、雪と氷で作られた半透明のかまくらがあり、その中でいちごが栽培されているという、とても奇妙な栽培の光景を目にする。

「我が氷里城が開発中の〝かまくらいちご〟です。より北の方の山岳地帯には、巨大なかまくらを作る技術を持つ民族がいて、彼らの技術を参考に生み出された農法なのです。かまくらの下で育ったいちご、というところでしょうか」

「素敵。いちごの旬は春かもしれないけれど、冬にありがたい果実ですものね。隠世《かくりよ》で見かけるのは、珍しいかも」

「ええ。いちごの苗は春日の故郷にある文門大学《ぶんもんだいがく》の研究所で品種改良されたものでして。

葵さんも、少し摘んでみますか？」

「ほ、ほんとですか⁉」

嬉《うれ》しい、いちごなんて久しぶりだ。

「かまくらの中は、意外と暖かいですね」

「温度調節ができるようになっていますから。このかまくらの雪が少しずつ溶けてこぼれ落ち、それが糖度の高い、霊力豊富ないちごを育てるのです」

想像すればするほど、不思議だ。氷人族《ひょうじん》の技術で作られたかまくらの中で、いちごが育つなんて。

しかも真っ赤で大粒。形もきれいで、先が尖《とが》っているのが特徴かしら。

食べて良いということだったので、特に大きいのを摘んでかぶりつく。

「ん〜、甘酸っぱい！」

その味に、思わず満面の笑み。

「酸味も程よく、味が濃いですね。それに果肉がぎゅっと詰まっている感じ。水っぽいというよりは、なんとなくシャキシャキした食感で」

雪キノコしかり、この地の雪どけ水で育つとこういう食感になりやすいのかな。

「こちらどうぞ、お好きなだけお持ち帰りください」

「え、いいんですか⁉」

「勿論《もちろん》です。まだ試験的に育てているだけですが、ゆくゆくはこの地の産業にしたいと思っているものでして」

「なるほど。いちごはとても強い武器になりますね。いちごの人気は、現世《うつしよ》でも際立っていましたから」

見た目もかわいいし、生で食べても美味しいし、熱を通してお菓子やジャムにしても美味しい。

ブランドいちごの名産地では、それを扱ったお土産を展開しているし、冬になるとあちこちのレストランや洋菓子のお店でいちごフェアをやっていた。

それにクリーム系のお菓子にもぴったり。

北の地にはせっかく生クリームや牛乳があるんだから、いちごを最大限に活《い》かせそうだ。

よし、いっぱい摘んで持って行こう。

「春日も……このいちごが好きで、よく摘んで食べているみたいです」

ふと、キヨ様が春日について語った。

だけど少しだけ視線を逸《そ》らしていたし、声音のトーンも低い。

それがなんだか、またもやもやと不安を掻《か》き立てる。

「あの、キヨ様」

「はい」

「……春日とは、その、あまり、上手《うま》くいっていないのでしょうか」

なんて不躾《ぶしつけ》な質問だろう。だけど、もう聞かずにはいられなかったのだ。

不意な質問だったのか、キヨ様も真顔のまま目をパチパチと。

かまくらの出入り口にいたレサクさんにもこの会話が聞こえたみたいで、額に筋を浮かべてこちらを睨《にら》んでいる……っ！

「あの、トンチンカンなことを言っていたら、すみませんっ！　ただ、最初に見た時から、二人の間に流れる空気が、少し気になっていて……政略結婚だったし……キヨ様にとって、納得のいかない婚姻だったのかな、と」

失礼甚だしい。キヨ様も困惑し、視線を落とし、困ったような顔をしていた。

「葵さんにも、そのように見えるのですね」

「えっ⁉　あ、その……はい」

キヨ様は少ししてから、自分自身確かめるような声音で、慎重に答えてくれた。

「春日は……僕の初めての〝友だち〟です。幼い頃から、病に臥《ふ》していた僕の下に、彼女だけが遊びに来てくれていました。ですが、今の僕は警戒心がとても強く、誰かを心から信じるということが……できずにいるのかもしれません。信頼した者を失うことも、裏切られるのも怖いのです。もし、僕らの関係が冷めて見えるのだったら、それは……全て、僕のせいです」

苦笑しながらも、寂しげなキヨ様。

先日の毒の件でもわかったが、この城で気を抜いていると、下手をすれば自分の命を脅かすことに繋《つな》がるのかもしれない。

キヨ様は八葉になってからというもの、そういうものばかりを相手にして、誰かに心を許したり、気を抜いて接する方法を忘れてしまったのだろう。

それはとても寂しく、かわいそうなことだと思った。

「でも、春日は自分の意思であなたに嫁ぐと言って、天神屋《てんじんや》を辞めたんです」

「……葵さん？」

「私、知ってます。春日から直接話を聞いたんです。春日は……キヨ様のこと」

そこまで言って、私は慌てて口を手で塞《ふさ》ぐ。

春日の初恋の相手が、キヨ様だったこと。

それは私が軽々しく言っていい事ではない。

「すみません、葵さん。なんだかご心配をかけているみたいで」

「そんな！　私もすみません。こんな……プライベートなことを聞いてしまって」

「いえ。僕は至らないことばかりで、いつもこうなんです。何もかも上手くやりこなそうとしているのに、一つもままならず……情けない話です」

キヨ様は困った顔をして笑っていた。

無理に、そのようなことを言わせてしまった気がする。

おそらくキヨ様は、八葉としての責務を果たすだけで、いっぱいいっぱいなのだ。

幼い日に離れ離れにされた春日と、ゆっくりと語り合う時間すら、今の彼には無いのかもしれない。


「春日の部屋は、このかまくらいちごの農園を通り過ぎた先の別棟にあります。ここをまっすぐに行くとたどり着きますので」

「キヨ様は、春日に会われていかないのですか？」

「僕は……先日春日に意地悪な事を言ってしまったので、まだ合わせる顔がありません。葵さんの下に現れなかったのは、もしかしたら僕のあの言葉のせいかもしれませんし」

「あの……キヨ様は、春日がお嫌いですか？」

春日は何もしなくていい。そう言った、あの時の言葉だろうか。

「…………」

困ったように笑うだけで、何も答えてはくれなかった。でも、

「葵さんさえ良ければ、そのいちごで何かお菓子を作ってあげてください。春日がきっと喜ぶと思うので」

「……キヨ様」

「僕が春日を喜ばせてあげることはできなくても、あなたにはできるでしょうから」

その言葉だけで、キヨ様が春日を、少なくとも嫌っていないのは分かった。

別棟を前に引き返すキヨ様の背中は、とても孤独に見える。

大きなものに押しつぶされそうなのに、縋《すが》るものすらない、少年の背中だ。


別棟の扉を開けると、中ですでに人が待ち伏せていた。

その人は口元を隠し、紫の衣に身を包み、まるでくノ一のような格好をしている。いや、確かに彼女はくノ一で、多分ここ氷里城のお庭番なのだろう。

「お初にお目にかかります。私は春日様専属の護衛人、名をイタキと申します」

「は、はじめまして。天神屋の葵です」

「春日様にご用ですね。こちらにございます」

すでに事情は把握済みみたいだ。

イタキさんは手に氷のランプを持ち、私を案内してくれた。

それにしても大きな別棟だ。ほとんど使われていないみたいだけど、春日の部屋はこんなところにあるのか。

別棟の奥の部屋からは、明かりが漏れている。

「あの、春日の様子は……」

「春日様はお元気です。朝から調べ物をしていたみたいで」

「……調べ物？」

明かりの漏れた部屋の扉を開ける。

さすがに城主の奥様のお部屋とあって綺麗《きれい》に整えられている上、かなり広い。

あ、大きな寝台の上で丸まって眠る春日を発見。彼女の周りには、本がいくつも散らばっている。

「え」

その中の一つに衝撃を受け、私は目を見開いた。

雑誌だ。しかも現世の、随分と昔のガイドブック。

春日、これをどこで手に入れたんだろう。

雑誌の他には、現世のお菓子の本がいくつかある。調べ物をしていたとイタキさんが言っていたけれど、何を調べていたのだろう。

「ん～」

パラパラと雑誌を見ていると、ちょうど春日が目を覚ました。

「あれ、葵ちゃん？」

「おはよう春日。よく寝ていたわね」

「あ、もしかしてもう夜!? ごめんなさい！　あたし助手だったのに、すっぽかしちゃった！」

「ああ、それはいいのよ。私が勝手に言い出したことだし。それに、ずっと調べ物をしていたんでしょう？」

春日が慌て始めたので、私はどうどうと静める。

いつもしっかりしていてそつがない分、何かヘマをすると春日はよく慌てる。

「……あたし、ちょっと現世のお菓子を調べていて。葵ちゃんにも聞きたいことがあったんだ」

春日が私を、寝台に座るよう促した。

ちょうど摘みたていちごがあるのよと、手ぬぐいに包んでいたそれも広げる。

イタキさんが温めた砂糖入りのミルク抹茶を持ってきてくれたので、それと一緒にいただくことにした。北の地では、牛乳に砂糖や抹茶、きな粉などを溶かしてよく飲むんですって。

甘酸っぱいいちごと、ほろ苦くもまろやかなミルク抹茶が意外と合う。

春日もこの組み合わせを気に入っていて、よく読書のお供にしているんですって。

それでイタキさんが、すぐにミルク抹茶を持ってきてくれたのね。

ホッと一息つくと、春日は話の続きをした。

「ねえ。葵ちゃんは覚えてる？　あたしとキヨが、現世に行ったことがあるって話」

「ええ」

それは、春日とキヨ様の幼い頃の思い出。

文門《ぶんもん》の地《ち》にある大病院に入院していたキヨ様と、その地の八葉の孫娘だった春日は、幼少期を共に過ごした幼馴染《おさななじみ》だ。

文門の地には大図書館があり、隠世のことだけではなく、現世にまつわる本もたくさん揃えられていたのだとか。

彼らは共に、現世の本をたくさん読んで、しだいに現世に憧《あこが》れを抱くようになった。

確か春日は、文門狸《ぶんもんたぬき》の八葉である祖母の目を盗んで現世行きの通行札を入手し、キヨ様と共に現世へと赴いたことがあるのだ。

「あのね、あたし……思い出したんだ。なぜキヨを現世に連れて行きたかったのか」

春日は私に、一冊の本を開いてみせる。

それは、さっきまで私がパラパラとめくっていた、現世の古いガイドブック。

「キヨはあの時、大病院でこれを見ながら言ったんだ。現世の……これが見てみたいって」

「これって……東京タワーよね？」

日本じゃまず知らない者はいない、真っ赤な電波塔だ。

春日いわく、隠世でもまあまあ有名な現世日本の象徴ということだった。

「これを目指して、あたしとキヨは現世に行ったんだ。でも東京タワーから少し離れた場所に出てしまって、空にのびる真っ赤な塔を目指して歩いた。あやかしは人に見えないから、ゆっくりゆっくり、って。……でも途中でお腹が空《す》いちゃって」

春日とキヨ様は、お金を持っていなかったから途方にくれていたらしい。

しかし、幸いにもあやかしの見える人間の男に声をかけられ、五百円玉を一枚恵んでもらったんだとか。

「へえ、そんな親切な人が現世にもいるのねえ」

「その人、隠世のことを知ってたよ。隠世のあやかし、それも子供のあやかしがこっちにいるのが珍しかったみたいで、あたしの持ってた隠世のお金と交換とか言って、五百円玉を恵んでくれたんだ」

「えーと……それ、恵んでくれてなくない？」

最初こそ微笑ましく聞いていたのに、なんか……

なんかそういうことやりそうな人間を一人知っている。でも、確認するのが怖い。

「その人ー、よく隠世に行くって言っててー。常に勝ち誇ったような顔してるっていうか、無駄に自信満々そうっていうか。あと泣きぼくろがあった気がする」

「あーあー。わかった。もうわかったその人。……いいわ、続けて」

それ多分、うちの祖父……では？

でもあえて、そのことを確かめなかった。話を途切れさせても悪いし、違っていてほしいという願望も込めて。

結局貰《もら》った五百円玉を握りしめ、二人で人間に化けてある喫茶店に入ったんだとか。

「そこでね、私たち、茶色のお菓子を食べたんだ。でもそれがなんて名前だったのか、全然思い出せなくて。実家から持ってきた本で、朝からずっと調べてるんだけど、全然ピンとこなくて」

「茶色……チョコレートケーキとか？」

でもそれならば、ありきたりなのですぐピンとくるかしら。

「多分、近いんだけど名前が違ったと思うよ。でも現世のケーキ……だったと思う」

「うーん、茶色のケーキで、チョコレートケーキじゃないとなると、何かしら。喫茶店で食べられるものよね」

「なんかね、当時すごく流行ってたみたい。五百円玉くれた男の人が、せっかく現世に来たなら流行《はや》りのそれを食べて行くといいって言ってた。洒落《しゃれ》た名前だったような覚えがあるんだよね」

私は少し考え込む。

当時流行っていたというが、そもそもそれっていつのことなんだろう。

「ちなみにそのケーキは、二人にとって美味《おい》しかったの？」

「うん、とっても！　甘いんだけど、ちょっとだけ苦くて。で、確かキヨがね、このお菓子はチーズを使ってるねって言ってた」

「……チーズ？」

チーズを使っていて、茶色のケーキって……まさか。

「それってもしかして〝ティラミス〟じゃない？」

「あああっ！　それそれ！　そういう名前だった!!」

春日の記憶の糸が繋《つな》がる。私も正解を導き出せて思わず拍手。

でもそうか、ティラミスか。

確かチーズケーキブームの流れをくんで、90年代に日本で大ブームを巻き起こしたお菓子だ。もしかしたら、春日とキヨ様は、その頃に現世に行ったんじゃないかな。

まあ、わかってたことだけど……やっぱり二人とも、私より年上なのよね……。

「ねえ葵ちゃん。私、キヨにティラミスを作って食べてもらいたいよ。葵ちゃん、作り方を教えてくれない？」

「ええ、もちろんよ。だけどティラミス作りの材料を集めないといけないわね。ここにはクリームチーズと生クリームがあるから……あとはコーヒーとココアパウダーがあればいいんだけど」

ココアパウダー、実は夕《ゆう》がおにはあるのよね。

以前、大旦那様《おおだんな》がチョコレートと間違って買って帰った食材。

あれはもう使ってしまったんだけど、とても使いやすかったものだから、その次の現世出張の際に、また買って来てもらえるよう頼んだ。

だけどコーヒーは無いなあ。

隠世にもコーヒーくらいありそうだけど。銀次さんに相談してみようかしら。

「よし！　でもなんとかいけそう」

「よかった！　あわよくば北の地の名物にならないかなって思ってるんだけど……」

「春日ってば、ほんとちゃっかり者ね。ええ、可能性はあると思うわ。なんせ、チーズを使っているし、かつての日本でもブームは来ているからね。今までの経験上、そういうものは隠世でも当たりやすいのよね」

「葵ちゃんだって、十分ちゃっかりしてるよねえ」

今でこそ明るく振舞ってはいるが、きっと春日は、キヨ様の助けになりたいと思って、この相談を私に持ちかけたのだろう。

せめて、彼のやろうとしていることを後押しできる、元気付けられるものがあればと、昨日からずっと考えていたに違いない。

二人の思い出のお菓子の味を、この雪国にしっかりと残し、そして、次に繋げていかなければ。

「コーヒー、ですか？　天神屋にならありますよ」

「えっ、銀次さんそれほんと⁉」

翌日のお昼に、食堂にて私は銀次さんに相談をした。

「ええ。上級客間である洋室〝アネモネ〟にはコーヒー豆と豆挽《ひ》きが置かれていますから」

「そ、そんな部屋あったんだ」

「西洋かぶれの金持ちあやかしもいますからね。急ぎ、夕がおのココアパウダーとコーヒーセットを持って来させましょう」

銀次さんは懐より文通式《ぶんつうしき》を取り出して開いた。

「なんとかなりそうです。今夜にでも、天神屋より使いがやってきてくれると」

「あ！　ならついでに、もう一ついいかしら……」

私は厚かましくも、鬼門《きもん》の地のある食材を持って来てもらうように頼んだ。

食堂では、ちょうど双子がお昼に振舞うご馳走《ちそう》を用意してくれていた。

なんと……北海の赤い宝石と名高い、天然紅鮭のいくら丼だ。

「まさかここでいくら丼をご馳走《ちそう》になるなんて、夢にも思いませんでした」

「双子が昨日北海の漁港に行ったじゃない？　その時天然紅鮭のいくらをたくさん手に入れてたんですって。まだ新鮮ないくらの醤油《しょうゆ》漬けよ」

紅鮭のいくらは小粒だが、赤みが強く美しい。

これらがオケたっぷりに盛られていて、各々が好きなだけ丼に盛り付け、薬味を好みで添えることができる。

この船に乗っている折尾屋の従業員の数はそれほど多くないが、彼らに行き渡るだけの量を競り落としてきたのだから、双子はやり手の料理人。

決して安くないでしょうけれど、乱丸も気になるものは手に入れてこいの精神みたいで、意外と太っ腹なのよねえ。

「うわ～……これはちょっと、お昼から贅沢《ぜいたく》すぎません？　天神屋のみんなに怒られそうですよ。なんだか胸がバクバクしてます……」

「いいのよ銀次さん、ドバッといっちゃって」

妖氷製《ようひょうせい》の冷たいおたまでいくらをたっぷりすくい上げ、白飯もしくは酢飯にトロトロとかけてしまうのだ。

銀次さんは白飯を選び、なぜか「すみませんすみません天神屋の皆さん」と懺悔《ざんげ》しながら、意外と遠慮なく多めに盛っていた。あと生わさびをごそっと取って行った。

私は酢飯を選び、青じそを二枚端っこに並べ、やはりいくらの醤油漬けをおたまいっぱいに掬《すく》い、トローリとかける。ルビーの如く輝き転がるいくら……見ているだけで、なんだか無心に。

「葵殿がよく分からない境地に至ってるでござる……」

隣でどでかい丼を持って待ち構えているサスケ君の絶妙なつっこみ。

それにより私はハッと意識を取り戻し、刻み葱《ねぎ》を散らして丼を完成に導く。

「いただきます！」

そして、お待ちかねの最初の一口。

プチプチと弾《はじ》け、とろりと広がる。

まろやかな醤油の風味と程よい塩気に、長いため息をついたりして。

濃厚な旨《うま》みがつまっていて、とにかくご飯が進む。いくらを青じその葉で包んで食べてみると、キリッと爽《さわ》やかでたまらないわね。

「ああっ、美味しい。こんなに美味しいものが北の地にあるのなら、天神屋に宿泊するお客も豪華宙船《そらふね》に乗って、こちらに遊びに来たがるでしょう」

銀次さんの尻尾《しっぽ》も機嫌よく揺れております。

「ほら、いくら丼だけじゃなくて、野菜も食べて」

「お残しは許さないよ」

双子が大皿に盛って机の真ん中にドーンと置いたのは、雪下大根《ゆきしただいこん》とちぢみほうれん草のサラダ。揚げしらすとくるみがまぶしてあって、塩だれを絡めて食べると、パリパリ、カリカリと食感も面白く、美味しく食べられる。

何より、生の雪下大根は甘くみずみずしいし、ちぢみほうれん草は柔らかくて癖がない。寒さでキリッと引き締まった、特別な美味しさだ。

「そういえば銀次さん、昨日は北の地の遺産をいくつか視察してきたんでしょう？　一晩かかったみたいだけど、そんなに遠い場所にあったの？」

「いえ。たまたま大氷河連峰《だいひょうがれんぽう》の上空で極光《きょっこう》が発生したので、それを観察してきたのです」

「極光……って、まさかオーロラ⁉」

「はい。現世のものと原理は違うかもしれませんが、夜空に浮かぶ光彩の帯であるのは、その通りですね。隠世では北の地の、より北側でしか見られないものです。それがとても見事だったので、乱丸と共に氷砂糖を溶かした温かな牛乳を片手に、見物していたのです」

「へえぇ～、すっごく羨《うらや》ましい」

オーロラなんてもちろん見たことがない。

私も見たかったなあ、オーロラ。

「隠世の極光は、現世より漏れ出た大気の影響と聞いたことがあります。北の地の空には異界の割れ目があり、そこが現世に繋がっているとか、いないとか」

「……南の地は、常世《とこよ》に近い場所だったわよね。それと同じように、北の地は現世に近いってことかしら」

「かもしれませんね。そのせいで極光が現れた二、三日は、北の地の空では面白いものが見られるのだとか」

「面白いもの？」

いくら丼をすっかり食べてしまった銀次さんは、温かなお茶を飲んで、頷《うなず》く。

「私も詳しくは分からないのですが、キヨ様が、明日はぜひ葵さんもご一緒にとおっしゃってました」

「え、私も視察について行っていいの？」

「勿論《もちろん》。北の地の遺産を見ることで、また良い案が生まれるかもしれませんからね。聞いたところ、チーズフォンデュは素晴らしいご提案だったと思いますし」

「結果はまだ先にならないと分からないけれどね。でも、チーズになれた北の地のあやかしにとっては難しいお料理じゃないし、お醤油を加えたり、味噌《みそ》を加えたり、あやかし好みにアレンジを加えたりもできる。後々、北の地の料理人が扱うようになっても、お店によって個性も出せるでしょうからね」

「ええ、そうですね。今回の場合、葵さんはあくまで企画の立場。天神屋の地獄まんと同じく、葵さんでなければ作れないものでは、成功はしないでしょうから。とはいえ、夕がお監修であることは、大々的に報じてもらわねばなりませんけれどね。成功すればロイヤリティは氷里城よりいただけるみたいなんで！」

目の端を光らせる銀次さん。私はサラダの甘い大根をパリパリ食べながら苦笑い。

しかし銀次さんは、どこか感慨深そうに続けた。

「私は、あの中庭で営まれる素朴な夕がおが一番好きですが、お土産を作ったり、夜《よ》ダカ号《ごう》のような屋台をしたり、こうやって他の地でアイディアを捻《ひね》り出し……大きな企画を担うのも、夕がおのもう一つの役目なんだろうと思っています。葵さんは、やっぱり史郎《しろう》殿のお孫さんで、隠世のあやかしたちに影響を与えることができる人間なんです」

「……銀次さん？」

どうしたんだろう、銀次さん。

いきなりそんな改まったことを言って。

「実は夕がおを営んでいるだけでは稼げない額を、この手の事業で稼ぐことができるので、もしかしたら葵さんの借金は、意外と早く無くなってしまうかもしれませんね」

「…………え」

今まですっかり忘れてたけれど、そういえば私、天神屋の借金を返す為に夕がおで働いていたんだった。

このような仕事で稼いだお金も、借金返済に充当されるのだ。

「ちなみに地獄まんで結構な額の借金を、あなたは返済しました」

「うそっ⁉　ほんと？」

「ほんとです。マジです」

やや生臭い話になってきたので、大勢いる食堂では小声になっていく私と銀次さん。

夕がおを本拠地に、こういう借金返済の仕方があったなんて、最初は思わなかった。

大旦那様や、銀次さん、天神屋のみんなのアドバイスや、背を押してくれる手と言葉があったから、私は前進している。着実に。


「葵ちゃん、お疲れ様。なんだかいい匂いがするけれど、何か焼いたの？」

「ん？　ビスケットよ。至って普通のやつだけど、これから必要だからね」

時刻は真夜中の0時。

私がいた折尾屋の厨房《ちゅうぼう》に、春日がやってくる。

「では春日、本日は北の地プロデュース2試作目です。〝王道ティラミス〟と〝雪国ティラミス〟を作っていくわ」

「葵せんせー、なんで二種類なんですか？」

「春日とキヨ様の思い出のティラミスは、いわゆる現世風の王道でしょう。でももう一方のティラミスは、ここ北の地で調達できる食材で作ったティラミス。あわよくば名物にならないかなーって期待してるやつ」

春日とキヨ様がかつて食べた王道のティラミスだと、少量を作る分にはまだ可能だが、量産するにはコーヒーやココアの調達が困難だと感じた。

ティラミス自体は良い案だと思ったので、少しアレンジを加えて、この地でも比較的簡単に手に入るものでも作ってみようと考えたのだった。

さて。

あやかしの時間は人間たちの時間とは少しずれているから、真夜中0時でも夜の9時くらいの感覚ではあるが、それでも急がないと。

明日は午前のうちから北の地の遺産を見に行くんだもの。

「……ん？」

そんな時、厨房の外がやけに騒がしいと思って一旦《いったん》出る。

折尾屋の船員たちがやけに怯《おび》えていたので、何事かと不思議に思っていたのだけれど、向こう側からやってきた一人の雪女の姿を見て「ああ……」と思った。

「そろそろ来るとは聞いていたけれど……天神屋からの使いって、まさかお涼《りょう》？」

「そうみたいだよ葵ちゃん。よりによってお涼様かあ」

この時間帯だといつもならグダグダでボロボロのお涼なのに、やけに顔色が良く、目もキラキラ。背筋もピンと伸びていて調子が良さそう。

「あーら、見覚えのある貧相な人間の小娘と、丸顔の狸娘だわ〜。おほほほほほ！」

お涼節も絶好調だしね。高笑いする姿は、天神屋の若女将《わかおかみ》だった頃を思わせる。

「お涼。あんた自分の故郷に戻ってきたからって、元気いっぱいね」

「あったりまえじゃない。雪と氷が私を呼んでいるの！」

意味がわからない……

でもお涼はちゃんと、天神屋から使いの品を持ってきてくれたみたい。

「ほら。コーヒーとココアパウダー、その他もろもろを持ってきたわよ。あんたが次に何を企《たくら》んでいるのかは知らないけれど、私がここまで直々に持ってきてやったんだから、美味《お》しいもの作ってよね」

「まあそのつもりだけど、お涼、いつまでここにいるの？　なんなら手伝ってよ」

「はあ？　なんでこんな真夜中に葵の趣味に付き合わなきゃならないのよ」

「手伝ってくれたら試食させてあげるわよ。甘ーくて美味しーい、大人のおしゃれなケーキなの」

「…………」

そして、すっと春日が差し出す襷《たすき》で袂《たもと》を絡め始めるお涼。

「ふ、ふん。どうせ明日の夜の星華丸《せいかまる》の営業に間に合えばいいから、手伝ってやらないこともないけど？」

お涼って扱いさえわかっていれば、とても付き合いやすい女友達なのよねー。

さて、我々は再び厨房に戻る。

「ティラミスを作っていくわ。材料はこれ。マスカルポーネチーズの代用でクリームチーズ、生クリーム、砂糖に卵黄、ラム酒、焼いておいたビスケット。これが基本。そしてここから味によって違う食材を使うんだけど〝王道ティラミス〟ならばコーヒーとココアパウダーが必要よ」

「ねえねえ！　今の材料に出てきたラム酒って何？」

話の途中、パッと手をあげて問う春日に、私は「これよ」と台の上に瓶を置く。

パッケージには、〝南国らむ酒〟と書かれている。

「サトウキビの廃糖蜜《はいとうみつ》で作られた蒸留酒よ。どうやら南の地でラム酒に近い黒糖焼酎《しょうちゅう》を元々作っていたらしくて、最近は現世風のラム酒も作っているみたい。折尾屋の宙船にあったから、借りちゃった」

「美味しいの？　そのお酒」

「お涼、あんた飲んじゃダメだからね」

それでなくてもお涼、酒癖が悪いのに……

「これはカクテルに使われる事もあるけれど、私からすれば、焼き菓子作りに多用するお酒ってイメージ。香りが素敵なのよね」

お涼がラム酒の瓶に手を伸ばしていたので、パッと瓶を取って彼女から遠い場所に移動させる、と。

「もう一方の〝雪国ティラミス〟に必要なのは、こしあん、雪砂糖。それぞれがコーヒー、ココアパウダーの代用になっているわ。キヨ様に揃えてもらった北の地の名産品の中に、〝雪結晶砂糖〟というものがあったから、これを使った特別なものにしたいの」

これが雪の結晶の形をした粒砂糖で見た目がとても可愛いの。

でも舐《な》めるとふわっと溶けてしまうし、雪のように冷たいお砂糖で面白かったので、おかし作りに活《い》かしたいと思っていたのよね……ふふふ。

「さあ、さっそく作業を開始しましょう」

このティラミスは春日を中心に作りたかったので、基本の作業を春日に説明する。

「どちらのティラミスにも使う、中身っていうとあれだけど一番大事な部分を作るわ」

「柔らかくてトロトロしたチーズ風味のあの部分？」

「そう。あんた随分昔に食べたのに、よく覚えているわね。そう、チーズ味のクリームよ。まずは器で、卵黄と砂糖とラム酒を混ぜてちょうだい」

「わかったよ、葵ちゃん」

春日は持ち前の要領の良さで、作業を理解して進める。

ここにクリームチーズを加えながら、しっかりと混ぜ合わせていくのだ。

その間、お涼には生クリームを立ててもらおうとお願いする。

「いやよ、なんで私がこんな力仕事しないといけないの！」

「生クリームはボールを氷水で冷やしながら混ぜないと、うまく固まってくれないのよ。ツノが立つまで混ぜてほしいからね。まあ氷水用意してもいいんだけど、あんたの場合自分でボール冷やせるんじゃないかと思って。雪女だし」

「ああ、なるほど」

なぜかこれで納得し、すっかり生クリーム混ぜるつもりでいるお涼。さっきまで文句言ってたくせに……

二人にそれぞれの作業の手本を見せてから、お任せした。

その間、私は二種のティラミスの、最も個性的な部分を準備していく。

まずは王道のティラミス用。

コーヒー豆を挽《ひ》いて、とにかく濃い目にドリップ。そして焼いたばかりのビスケットを、ティラミスの容器にちょうどよさそうだった四角い升に砕いて入れておき、濃いコーヒーを染み込ませておく。

次は雪国ティラミス用。

先に用意しておいたこしあんを、同じく升の底に敷いておく。

コーヒーを染み込ませたビスケットと、和菓子に欠かせないこしあんは、似た色をしているけれど味わいがまったく違う。でも、実はどちらもチーズによく合うのよねえ。

「葵ちゃーん、チーズクリーム、こんなもん？」

「葵ー、もう手が疲れた」

春日とお涼がちょうど声をかけてきたので、それぞれの具合を確認して、と。

「よし。なら立てた生クリームをチーズ味のクリームに加えて、また混ぜて……」

うん、こんなものかな。

「ねえ、ビスケットがコーヒーでふにゃふにゃになってるよ」

「何これー苦い香り。奇妙ねえ」

春日とお涼が、さっき私が準備していたコーヒーに浸したビスケットを見て、得体が知れないという顔をしている。

「ああ、それはそれでいいの。今からその上に、このチーズクリームを流していくんだから」

升の底の、コーヒービスケットの上にチーズクリームを。そしてもう一方の、こしあんを敷いた升にも、同じようにチーズクリームを流し入れた。これを数個分、繰り返す。

「できた？　できた⁇」

「早まらないでお涼。これは一晩ほど冷蔵庫で寝かしておかないといけないわ」

「えー」

「ねえ葵ちゃん。ココアパウダーと、雪砂糖の出番は？」

「それは食べる直前に、上から篩《ふる》うのよ、春日。明日が楽しみね」

春日は頬にクリームやら何やらをくっつけていた。一生懸命ティラミス作りに取り組んだ結果だろう。

彼女とキヨ様の思い出の味を、そのままそっくり作ることはできない。

だけどせめて、彼らが幼馴染《おさななじみ》として、そして若い夫婦として、向き合って話をするきっかけを生み出してくれればと願う。


翌日、私は朝早くから起きて支度をした。

今日は北の地のカヤヤ湖の滸《ほとり》にある、氷の古城へと向かう。

代々、氷里城城主に受け継がれてきた別荘地らしいが、キヨ様はこの古城を博物館として再開発し、その場所を中心に冬の観光地にできればと考えているようだ。

「で、お涼、あんたも行くの？」

「せっかくだもの、故郷の様子を見てみたいし」

お涼は昨晩私の部屋に泊まった。

私が目覚めるとすでに起きていて、ワクワクした様子で化粧をしていた。

自堕落な彼女がこんなにアクティブなのは、やっぱりここが、北の地だからかしら。

「お涼って、天神屋で働くようになって北の地に戻ることはあったの？」

「そんなの数えるほどしかないわ。私を奉公に出した家族ももう、どこで何しているか知らないし」

「……そうなんだ」

「カヤ湖は故郷の村に近い場所にあるの。だから見にいくのも悪くないかなって。まあ、故郷の村はもう誰も住んでないって聞いたけれど、タダであそこまで行ける機会なんてそうそう無いし～、若旦那《わかだんな》様も付いて行っていいっておっしゃったし～」

お気楽な口調だが、お涼が故郷の様子を気にしていることはわかった。

自分が生まれ育った場所の空気を久々に吸いたいと思ったのだろう。

そういう思いは、私にもある。時々、現世はどうなっているかしらと、思うこともあるから。

「せっかくだからティラミスも仕上げて持って行きましょう」

「こんな時に？　葵～、雪見にいくわけじゃないのよ～」

「ならお涼、あんたせっかく作ったティラミスを食べられなくてもいいのね。視察から帰って来たらすぐ星華丸に戻らなきゃいけないんでしょ？」

「あーっ！　そうだった。も〜、お仕事いやいやっ！」

「お涼って、仕事できるくせに、仕事嫌いよね」

準備を終え、厨房《ちゅうぼう》に立ち寄り、王道ティラミスにココアパウダーを、雪国ティラミスに雪砂糖をそれぞれ振りかけて仕上げる。

味見をしたところ、どちらも出来は完璧《かんぺき》。思っていた通りのものができた。

それらを箱に詰めてしっかりと風呂敷《ふろしき》で包む。

「春日とキヨ様の分が、王道二つ……と。そしてみんなで食べる分は、王道と雪国……と」

そんな風に、ブツブツ唱えながら。

風呂敷を二つ抱えて折尾屋の船を出ると、すぐ隣に北の地の移動宙船〝レイレイ号〟が停まっていた。

「わあ、大きい船〜」

天神屋や折尾屋の宙船は帆のある和船だが、北の地の船には帆がなく、代わりに塔のようなものが船の上に建っている。その塔の先には巨大な氷が煌々《こうこう》と輝いており、灯台のように細長い光を放っている。

船体も頑丈そうで、まるで戦艦だ。

まあ、八葉の乗る宙船って基本的に戦闘能力を兼ねていて、ほぼ戦艦なんだけど。

「葵ちゃーん、お涼様ー」

春日もモコモコのポンチョと頭巾《ずきん》を被《かぶ》って、宙船の出入り口で待ち構えていた。

「春日、あんたっていつまでたってもお子ちゃまみたいねえ。そんなずんぐりむっくりしちゃって」

「うるさいなあ、お涼様は。氷人族と違って、タヌキは寒いの苦手なんだからね」

そんなこんなで、さっそくその宙船へと続く橋を渡る。

ちょうど乱丸が出入り口の手前に立って、煙管《キセル》をふかしていた。

「よお、昨晩は遅くまで厨房で遊んでたみたいだが、ちゃんと早起きできたか、小娘共」

「遊んでたわけじゃないわよ、乱丸」

その横を通り過ぎて、中へ。

船内はさすがに古さを感じさせるが、むしろそれが雰囲気あるわね。

「ねえねえ、折尾屋の旦那頭《だんながしら》。あたしもキヨのところに行きたいんだけど」

ちょうど乱丸が奥へと戻ろうとしたところを、春日が羽織りを掴《つか》んで捕まえた。

乱丸はあからさまに面倒臭そうな顔をして振り返る。

「はあ？　てめえはそこの女共と一緒にいろって、あの坊ちゃん城主は言ってたぞ。そっちの方がてめえにとっちゃ楽しいだろうから、とな。何か特別な用でもあるのか？」

「特別な用っていうか……キヨに会って少し確かめたいことがあるっていうか」

「まあ……俺の知ったことじゃねーけど。来るなら来い」

春日は「うん勝手にいく」と、ぴょこぴょこと駆け足で乱丸についていく。

私は慌てて春日を引き止めた。

そして、持ってきていた小さな方の風呂敷を彼女に手渡す。

「これ。昨日作ったティラミス。春日とキヨ様が、かつて現世で食べたものよ。……キヨ様に渡すチャンスだから、持って行って一緒に食べて。匙《さじ》もちゃんと入れてあるから」

「わあ……ありがとう、葵ちゃん！」

春日は升入りティラミスが二つ収まった風呂敷を抱えると、「よし」と意気込んでいた。

がんばれ春日。あんたならきっと、キヨ様と心を通わせることができるわ。

「……で、私たちはどうするのよ」

「うーん、置いてけぼりね」

私とお涼はその場に残され、どうしようか……と顔を見合わせる。

「真横にくつろげる部屋があるでござる。葵殿とお涼殿はこちらへ」

「わっ、サスケ君⁉」

上からシュタッとサスケ君が降り立つ。

いつもどこかから見守ってくれている感覚はあるのだけれど、前触れもなく突然姿を現すものだから、びくってするのよね。びくって。

「飛行時間は約四十分でござる。ところで葵殿……それなんでござるか？」

「あーあ、この子相変わらず食べ物に目敏《めざと》いわね～」

「お涼殿に言われたくないでござる」

ムッとしているサスケ君。お涼に言われるのが、とてつもなく嫌みたい。

「まあまあ。二人ともそんなに気になるなら先に食べちゃいましょう。到着まで時間がありそうだし」

待合の部屋には妖火《ようか》円盤《えんばん》とヤカン、水と茶葉と急須《きゅうす》も置かれており、お茶を好きに飲むことができるようだった。

私たちは緑茶を淹《い》れ、ティラミスを並べた箱を開ける。

「ああ……いい匂い」

鼻をかすめる甘いチーズクリームの香り……。

ここには茶色のココアパウダーを振りかけた〝王道ティラミス〟が二つ。

そして白い雪砂糖を振りかけた〝雪国ティラミス〟が四つ。

「升しか手頃な容器がなくて、双子がこれでいいんじゃないって言うから使ったんだけど……隠世らしいし意外とオシャレだし、升をティラミスの容器にして匙で食べるっていうのは正解かも。お土産用のティラミスもこれでいいんじゃないかしら。うん、企画書ではそう提案してみよう……って、あ！　サスケ君とお涼もう食べてる！」

私の話を聞いているのかいないのか、サスケ君は王道、お涼は雪国を。

「ん〜〜〜っ」

お口の中でとろける濃厚チーズの味わいに、二人はしばらく悶絶《もんぜつ》しているようだった。

わかるわかる。

王道ティラミスの場合、チーズの酸味が効いた甘いクリームに、ほろ苦いピュアココアが絡み合って、極上で絶妙な大人の味わいを堪能できる。コーヒー味ビスケットもすっかり馴染《なじ》んで柔らかく、いいアクセントだ。

雪国ティラミスの場合、冷たい雪砂糖を上にかけているおかげでチーズクリームの表面がほどよく凍《こお》って、シャクシャクひんやり食感。

底のこしあんとチーズクリームの組み合わせのおかげで、ちょっと変わった、でもあやかし好みの和スイーツになっている。

「私、チーズ系のクリームって大好きなのよね。生クリームやカスタードのお菓子は甘くて美味《おい》しいけれど、たくさんは食べられなくて。でもチーズ系のクリームはほのかな酸味がある分、あまり飽きがこなくてクセになるの」

「………」

「一つも聞いてないわね」

やっぱり私の話より、初めて食べるティラミスに魅せられているお涼とサスケ君。

まあでも、ちゃんと美味しくできたみたいで、よかった。

北の地のチーズは質がいいから、ティラミスも満足のいく仕上がりとなったわ。

「春日はキヨ様にティラミスを渡せたかしら。あの二人も、思いの丈をさらけ出して、うまくいったらいいな」

お涼とサスケ君が、銀次さんと乱丸の分にそろーっと手を伸ばしていたので、それをぱしっと叩《たた》きながら。

窓から外を見ると、そこは一面の雪原。

まっさらで乱れのない雪の上を、雪兎が二匹、ピョコピョコと足跡をつけながら横断していた。

幕間　春日とキヨ（三）

ちょうどキヨのいる操縦室に向かう途中、レイレイ号の暗い通路の途中で、

「ねえねえ。折尾屋《おりおや》の旦那頭は、キヨのことどう思う？」

「はああ？」

あたしが折尾屋の旦那頭・乱丸《らんまる》に馴《な》れ馴れしく尋ねたので、前を歩いていた乱丸は微妙な顔をして振り返る。

あたしみたいなのがこんな質問してくるとは、思ってなかったのだろう。

「はっ。気になるのか自分の旦那のことが」

「そりゃあね。あたしはキヨが八葉《はちよう》としてやっていけるのか、それを見極めなきゃ」

「なんだそれは。あいつの妻としてか？　それとも文門狸《ぶんもんたぬき》としてか？　なら俺が、あいつは八葉に向いてねーよって言ったらどうする？」

「その時は……別のひとに八葉になってもらうよ。それがキヨの為でもあるしね。そして文門狸は北の地も、天神屋《てんじんや》も見捨てる」

「……くははっ。見た目のわりに肝っ玉の据わった狸娘だ」

何がそんなに面白いのか、乱丸は声をあげて笑った。

「あの坊ちゃんにも、お前くらい割り切ったところがあればよかったんだろうがなあ。知恵もあるし、鋭さもあるが、いかんせん繊細すぎる。やるべきことはしっかりやっているが、その結果かぶる恨みや憎しみを全部真正面から背負い込んでるんじゃあ、こんなに荒れた北の地の改革は無理だ。自分の身がもたねえよ」

「じゃあどうすればいいと思う、あんたは。あの南の地を、色んな敵作りながらも活性化させたんでしょう？」

「その敵と戦い続ける覚悟を持つことじゃねえのか？　あの坊ちゃんは、敵を作る覚悟はできているが、戦い続ける覚悟はまだできてねえ。戦った結果に一回一回怯《ひる》んでたら、どうしようもねえだろ」

「……なるほどね」

それが、天神屋すら敵に回して隠世《かくりよ》第二位のお宿を生み出した、折尾屋の旦那頭か。

今度はあっさりと妖都《ようと》を敵に回した。最初こそ敵だった天神屋の味方となるために。

ついてこられないひとも出てくるんだろうけれど、真に慕う者が集いやすいのもこのタイプだよね。判断が早く、そして一度決めたら、ブレることがないんだ。

今のキヨに一番必要なものを、持っているひと。

「あんたたまにはいいこと言うじゃん。流石は南の八葉だね」

「たまにはって。俺とお前は、今までほとんど喋《しゃべ》ったことねえよ」

「でも葵《あおい》ちゃんから話は聞いてるし、噂話も色々知ってるし」

なんて、あたしがあまりに馴れ馴れしくするので、乱丸はちょっとイラッとしていた。

「おい、ところでそれ何だ？　どうせあの料理バカと一緒に作った何かだろう？」

「料理バカって葵ちゃんのこと？」

「そいつ以外に誰がいるんだよ。なんか、嫌に甘ったるい匂いがするんだが」

「流石は犬だね〜、匂いでわかるの？　あとで葵ちゃんに貰《もら》いなよ。若旦那《わかだんな》様とあんたの分も用意してたよ」

「…………」

操縦室に入ると、そこにはこの宙船《そらふね》を動かす氷人族《ひょうじん》の操縦士たちと、天神屋の若旦那様、そしてキヨとレサクがいた。

ああ、ドキドキする。ちゃんとこのティラミスを、キヨは受け取ってくれるだろうか。

そもそもあの時、現世《うつしよ》で食べたこのお菓子を、覚えているかな。

胸元にぶら下げている、氷里城《ひょうりじょう》の通行手形とお涼《りょう》様にもらった鈴飾りを着物の上から押さえて、心を落ち着かせた。

「キヨ様、本気ですか……？」

しかしその時、若旦那様とキヨの会話が聞こえてきた。

「春日《かすが》さんを、天神屋にお戻しになる、と？」

「ええ。春日も……天神屋の皆さんが来てからとても生き生きとしています。こんな場所にいるより、しばらくは天神屋にいた方が、彼女も安全ですから」

「……キヨ？」

キヨの言葉が、あたしには信じられなくて、その場で足を止めてしまう。

キヨはあたしがここにいることに気がつくと、一瞬気まずそうに視線をそらした。

しかしすぐに真面目な表情を作ると、こちらにつかつかと歩み寄る。

「春日、どうしてここに？　葵さんたちと居るようにと言ったじゃないか」

「キヨ。あたしを天神屋に戻すって本当？」

確かめようとするあたしの声は少し震えていた。だけど……

「そのつもりだよ。春日はここに来て何度も命を狙われたし、体調も壊した。辛《つら》い思いをして北の地にいる必要はない。落ち着くまで、天神屋にいた方がいいよ」

キヨの声は、淡々とした冷たいもので、あたしは彼の本心がよくわからない。

それが悲しくて、悔しくて。

「今、若旦那様にもお話をしていて……」

「嫌だっ!!」

だからあたしは、この場にいた誰もが驚く程の大きな声を上げ、思い切り首を振った。

ティラミスを包んだ風呂敷《ふろしき》を、ぎゅっと抱きしめる。

「……春日?」

「キヨは……昔、現世に行った時のことを覚えてる?」

幼い頃の思い出。その話に、キヨの表情が、ふとあどけないものになった。

一瞬でも、その時のことを思い出したのだろうか。

だけどすぐに、今まで以上に気難しい表情を作る。

「今……そんな思い出話をしている場合じゃないよ。飛行中は、いつどこで空賊《くうぞく》に襲われるかも分からないのに」

「で、でも……っ」

「もう、お戻りよ、春日。葵さんたちと一緒にいた方が、君も落ち着くだろう?」

キヨのその言葉で、あたしは余計にムキになって、ダンと足を踏み鳴らす。

「でもあたし、忘れられないんだよ!」

「か、春日?」

あたしの大声は、キヨだけでなくこの場の誰も彼もを、驚かせていた。

でも、あたしはあえて空気を読まず、構わず続ける。

「キヨが、現世の景色や、建物や、人間たちの活気を、キラキラした瞳《ひとみ》で見つめてた姿が、あたしは忘れられないんだよ。いつか北の地を、現世の街みたいに活気溢《あふ》れる場所にしたいって、そのためにたくさんの本を読んで勉強して、病気を治すよって。そんな希望と夢を語ってくれたじゃない。もう、命すら諦《あきら》めかけてたキヨが！」

あの後、隠世の大人たちに連れ戻され、こっぴどく叱られ、離れ離れにされたからって。現世で見たもの、聞いたもの、食べたもの、まだ知らない世界へ踏み出したあたしたちの勇気を、忘れたとは言わせない。

『春日。僕と一緒に来てくれるのかい？』

『行くよ！　あたしだって、まだ知らない世界をキヨと一緒に冒険したい！』

あたしは忘れてないんだよ。

あの時、あたしが心に誓ったことも。

それなのに、いつまでもいつまでも、いつまでも。

あたしを安全で居心地のいい場所に追いやろうとして、共に吹雪に立ち向かおうとは言ってくれない……っ。

「キヨのバカッ！　そんなにあたしが邪魔なら、お望み通り天神屋に帰ってやる‼」

あたしは、渡すことのできなかったティラミスの風呂敷を抱えたまま、これまたとんでもない大声でわーわー泣きながら操縦室を出て行った。

「春日……っ!!」

キヨがあたしの名を呼んだ気がしたけど、自分の大きな泣き声にかき消されてしまう。

なんだか、今までずっと我慢していた寂しい気持ちや、もどかしい気持ちが、一気に出てしまったみたい。あたしはやっぱり子どもだね。

「わあっ、どうしたの春日!?」

葵ちゃんとお涼様のいる待合室に飛び込んで、二人に抱きついた。

「んまー、狸娘がほんとに狸になってる……」

泣きすぎてお化粧が落ちて、きっとあたしの顔はボロボロなんだろうな。

それをお涼様が、ガラにもなくハンカチで拭《ふ》いてくれる。

このひとたちの側は、やっぱり落ち着くなあ。あたしは天神屋に戻った方がいいのかな。

だけど、心のどこかで、もう一人のあたしが首を振る。

あなたは本音を吐いて思いっきり泣けたけれど、大事なあの人は、まだ弱音を吐くことすら、出来ていないよって。

第五話　湖上の古城

私は泣いて戻ってきた春日《かすが》のことが気になって仕方がなく、キヨ様たちのいる操縦室へとやってきた。

しかし操縦室の前には、キヨ様の側近であるレサクさんが立ちはだかっている。

こんな状況、前にもあったなあ。

「お引き取りください、城主はお取り込み中です」

やはりレサクさんは、私をギロリと睨《にら》み下ろして入室を拒否。

「で、でも。春日が泣いて戻ってきたから、いったい何があったのかなと思って。それと、これ……春日が一生懸命作ったものなんだけど、キヨ様に渡せず持って帰ってきたみたいだから、私が届けようと思って」

「なんですか、それは」

鋭い眼光が、私の風呂敷を捉《とら》える。

「えっと、ティラミスってお菓子なんですけど」

「あ、あの～」

「菓子だと？　そんな危険なもの……城主には、我々側近が用意したもの以外を召し上がっていただくわけにはいきません」

「で、でも……っ、毒なんて入ってません！　私たちもさっき食べたばかりで」

しかしレサクさんは表情一つ変えない。

せっかく春日が一生懸命作ったのに。このまま食べてもらえないなんてことになったら、私がやりきれない。

しかしその時、上からレサクさんの肩をトントンと叩《たた》く指があった。

ひらりと舞い降りたのは、濃い紫色の衣を纏《まと》った氷人《ひょうじん》族のくノ一。

春日付きの護衛、イタキさんだ。

「レサク、安心しろ。ずっと若奥様と天神屋《てんじんや》の娘たちが調理する様を見ていたが、それに毒は入っていない」

「イタキ……ッ、お前までそんな」

「心配ならお前自身が毒見をすればいい。ついでに私も毒見を……したい」

「は、はあああ⁇」

さっきまで堅苦しかったレサクさんが、素《す》っ頓狂《とんきょう》な声を上げて顔を歪《ゆが》ませている。

なんだかそれが面白くって、思わず噴き出した。

「ちょうど二つあるんです。本当は春日とキヨ様に食べて欲しかったんだけど、こうなっちゃったらどうしようもないしね。一つはあなたたちで毒見をしてみてください。それでOKってことだったら、もう一つをキヨ様に」

レサクさんはまだ不審な顔をしていたが、やがて小さなため息をつき了承した。

「よかろう。私とイタキが毒見をして、問題がなければ城主に持っていけばいい。ただし城主は今、空賊《くうぞく》〝可霧偉団《カムイだん》〟が頻繁に出没する山岳地帯を越えるために緊張状態におられる。邪魔はされぬよう」

そして風呂敷を広げて、升に入ったティラミスを一つ取り上げると、胡散臭《うさんくさ》そうに観察し、匙《さじ》を手に取り一口パクリ……ついでにイタキさんもパクリ。

「う、甘……いや、苦……？」

「これにはチーズが含まれていますね。なんて美味《おい》しいのでしょう」

レサクさんとイタキさんで反応はそれぞれだったが、毒が入っていないのは分かってもらえたみたいだ。

「入りなさい。そして速やかに事を終え出て行くように」

懐から取り出したハンカチで口元を拭くレサクさんが、自ら扉を開けてくれた。

私は操縦室へと入る。氷人族の操縦士が数人いる他、銀次《ぎんじ》さんと乱丸《らんまる》の姿が。

そしてキヨ様も。

「…………」

しかしキヨ様、見るからに落ち込んでいる。沈んだ様子で椅子に座り込んでいるのだ。

「だ、大丈夫ですよキヨ様！　春日さんはきっと許してくれます」

「つーかなんであんなちんちくりんな狸娘なんだよ。坊ちゃんの立場ならもっといい嫁貰《もら》えるだろ」

「こらっ、乱丸！　あなたはまたそんないい加減なことを言って。春日さんは右大臣のご息女ですよ！」

「わーかってるよ。ぶっちゃけあっちの方が格上。本気で怒らせて、婚約破棄になんかなったら、北の地は痛手だなあ」

「こら〜っ、乱丸っ‼」

「あーもーうるせえな銀次。おめえは母親か！」

銀次さんと乱丸が、キヨ様を囲いながらも、二人だけであれこれ言い合っている。

キヨ様は……やっぱりズーンと沈んでいる。

春日と喧嘩《けんか》をしたらしいというのは、本当みたいだ。そして、それなりにキヨ様の精神面にもダメージのある喧嘩だったみたい。

「あの、キヨ様」

「……葵《あおい》さん」

キヨ様がゆっくり顔を上げる。

蒼白《そうはく》な顔色は相変わらずだが、見るからに不安そうにしている。

珍しい、あんなに落ち着きのあったキヨ様が。

「あのっ、春日は、どうしていますか？」

「泣き疲れて寝てしまいました。春日があんな風に泣くのはとても珍しくて、私も接し方がわからなくて。でもお涼《りょう》がいてくれてよかった。ああ見えて、春日のことは一番任せられる、彼女の元上司ですから」

「……そうですか」

やはり、春日が心配なのだろうか。キヨ様は肩を落とす。

「あの、いったい何があったんですか？」

「………」

キヨ様が答えられずにいたので、銀次さんが様子を見つつ、代わりに答えてくれた。

「えと……葵さん。キヨ様は、北の地の状況が落ち着くまで、春日さんを天神屋に預けたいとおっしゃっておりまして」

「ええっ！　春日を⁉」

そりゃあ……。

それは、私としては嬉《うれ》しい話のような気もするが、でも春日の気持ちを考えたら……

キヨ様だって、春日を心配しての決断だろう。

でも、ならば春日の覚悟は、いったいどこへ行ってしまうというの？

「全く。あの狸娘、見た目通りのガキだなあ。でけー声で泣いてよお」

「乱丸！　春日さんはああ見えて、知的でしっかり者で、我慢強い方ですよっ！　天神屋でも誰より働き者でした。皆のためにあちこち走って――……」

「ええ、そうですよ。春日はとても賢い娘で、行動力もあり、何より我慢強い」

銀次さんのフォローに、キヨ様が抑揚のない声で続けた。

「キヨ様……？」

「春日は、他人を傷つけるような負の感情を表に出すことはなく、いつもニコニコと明るい笑顔でいてくれる。僕のわがままのせいで、彼女は文門《ぶんもん》の地《ち》を追い出されたのに……また僕のせいで、こんなところに連れてこられて――」

キヨ様は顔を伏せたまま続けた。

「だからこそ、彼女が肉体的にも精神的にも、無理をしているのではないかと、僕はずっと気が気ではありませんでした。このような場所に、それもあんな冷たい氷里城《ひょうりじょう》に嫁ぎたい女性はいないでしょうから」

「そんなことないわ！　春日は、キヨ様に嫁ぐのをとても嬉しそうにしていたんです。だって、キヨ様は春日にとって、初恋の相手だから」

「……え？」

「あっ」

私が思わず言ってしまった言葉を後から理解し、バッと口を押さえる。

勝手に言ってはいけないと意識していたはずなのに、流れで言ってしまった！

「………」

キヨ様、顔を上げて目を点にしている。

しかしじわじわと赤面して、再びバッと俯《うつむ》いた。その様子が、いかにも若い男の子の初々しい感じで、私までちょっと恥ずかしくなる。

でも、やっと理解できた。二人の間にあった気まずい感じ。

二人が二人してこの地の良き八葉とその妻であろうとした。

大人ぶってそれぞれの事情や空気を読もうとしすぎて、それが絡み合ってもつれてしまい本来最も純粋なはずの気持ちが届かなくなっていた。

だからこそ私は、これを手渡さなくては。

「キヨ様。これ、春日がキヨ様にって作ったお菓子なんです。本当は彼女から手渡して欲しかったけれど、今はあんな調子ですし。とりあえず、食べてみてください」

今、私にできることと言えば、春日と一緒に作ったこのティラミスを、キヨ様にしっかり食べていただくこと。それを見届けることだと思った。

キヨ様は私の差し出す風呂敷《ふろしき》を受け取り、それを目の前の円卓に広げる。

「これ……」

それを見て、じわじわと目を見開くキヨ様。彼はすぐにピンときたみたいだ。

「なんだ〜升に入ってやがるぞ。相変わらず変な思考回路してるな、この料理バカは」

茶々を入れる乱丸をキッと睨みつつ、私はしっかり説明をする。

「これはティラミスという現世《うつしよ》のお菓子です。使用しているクリームチーズと生クリームは、この北の地のもの。当然ですけど」

「…………」

「キヨ様は、ティラミスをご存じでしょう？」

「……ええ。懐かしいです」

そしてキヨ様は、匙を持って升のティラミスを掬《すく》い、静かに口に運ぶ。

ゆっくりと、しかし確かに嚙《か》み締めて、キヨ様は目を細めた。

「ふふ。確かにこれは、僕と春日が、大人の目を盗んで現世に遊びに行った時に食べた、あちらの世界のお菓子です」

遠い昔に知った味を、彼自身が思い出しながら。

「あの頃、僕は自分が、もうすぐ死ぬと思っていたんです。心の臓が弱く、他の者たちにできることが何一つできない自分に、失望していて。だけど春日がひょっこりと僕の下に現れてからは、毎日が楽しくて。いつも、いつも……僕を肯定してくれて。太陽みたいに明るい笑顔で話をしてくれました」

キヨ様の凍《い》てついた氷が溶かされているかのように、その表情はみるみる優しくなっていく。

思い出深いティラミスの甘い口どけは、彼の心を少しでも揺り動かしたのだろうか。

「僕と春日は、現世の本や図鑑を共に読むのが好きでした。ことは違う、未知なる世界に憧《あこが》れを募らせていたのです。それに北の地は、隠世《かくりょ》で最も現世に近い土地と言われていましたから、強い憧れは幼い頃からあって……」

キヨ様は少し間を置き、言葉を紡いだ。

「だから僕は、死ぬ前に一度でいいから、現世に行ってみたいと言ってしまった。本当に軽率でわがままでした。そのせいで、春日が文門の地の院長様より通行札を盗み出してくれて、僕と一緒に、現世へ行ってくれたのです。僕と、まだ知らない世界を見てみたいと、言って」

「確か、東京タワーを、見てみたかったんですよね」

「ふふ、ええ。春日に聞きましたか、葵さん。僕にとってそれは、写真で見るだけでも、刺激的な、現世の象徴で。実物は遠目に見ても圧巻でした」

キヨ様は口元を押さえながら、小さく声を上げて笑った。

「僕と春日は塔の麓《ふもと》を目指して歩いて回ったのですが、途中で疲れて、お腹も空《す》いてしまって。春日の憧れていた西洋風の喫茶店で、このお菓子を食べたんです。それがとても美味しかったものだから……僕、北の地のチーズでもこれが作れたらいいのにって。春日に……僕が北の地を、よりよくできたらって……」

そこまで言って、キヨ様は手を止めた。

切なく愛《いと》おしそうに、一方で涙を堪《こら》えるよう、ぎゅっと目元を窄《つぼ》める。

「僕は春日に謝らないといけない。あの時の言葉を、春日は覚えていてくれたんだ」

その時、警報のような音と共に、船内に着陸の連絡が流れる。

私は驚いて軽く飛び上がった。

キヨ様はもうティラミスを食べるのをやめて風呂敷に包みなおすと、立ち上がって、真面目な顔をして氷の窓から外を見下ろす。

「皆様、カヤヤ湖につきます。着陸の際は少々……いやかなり揺れますので、手すりにおつかまりください」

そして宙船《そらふね》は凍りついたカヤヤ湖の表面に着陸する。

「うわあっ！」

予告通り、かなり大きく揺れた。きっと湖の表面の分厚い氷が割れた、その衝撃でもあるのだろう。

手すりにつかまっていたのに、銀次さんに向かって思い切り倒れ込んでしまった。

彼が踏みとどまり、私を支えてくれる。

「大丈夫ですか、葵さん」

「え、ええ。ごめんなさい銀次さん。……思い切り頭突いちゃったわね、痛くなかった？」

「いえ、葵さんがご無事ならそれで」

銀次さんは揺れが収まるのを確かめると、パッと私から手を離す。

キヨ様も、もう感傷的な部分を一つも見せずに、この場の皆に指示を出した。

「では皆様、甲板へと移動しましょう。目的地は目の前ですが、ここから小型の移動宙船を使いますので」

「私、お涼たちを呼んでくる！」

パタパタと、急いで操縦室を出ようとしたら、

「あの、葵さん。……その、春日にも、よかったら来てほしいと。いや、無理しなくても良いのですが」

キヨ様が僅《わず》かに目を泳がせ、控えめに私に頼んだので、私はそれを微笑ましく思って
「ええ」と頷《うなず》いたのだった。

先ほどまでいた待合室では、

「はい私の勝ち。サスケ君〜あなた忍者のくせに将棋苦手なのねえ」

「むむっ、お涼殿があくどい手を使ってくるから」

なんとお涼とサスケ君が将棋をしている。

春日は、泣き疲れて絨毯《じゅうたん》の上で転がってるままだし。

「ちょっと、なに遊んでるの。ほら、甲板に出てちょうだい。目的地についたのよ」

「はいはい」

「葵殿、春日殿はどうするでござるか？」

「春日は……ねえ春日、起きて。起きて春日。キヨ様が春日にも来てほしいって」

毛皮の上掛けを被《かぶ》って眠る春日を揺さぶる。

なんか体積が小さいなと思ったら、春日は小さな狸の姿になっていた。

髪飾りのリボンをつけた可愛らしい小狸だが、春日の場合狸姿になる時は、何かしらびっくりしたり、怖がったりしている時なので、少し胸が痛んだ。

それだけショックだったってことだから……

「ふんだ。あたし行かないから」

しかも春日は完全にふてくされモード。

こっちを見ようともしないで丸い茶色の毛玉になっている。

「キヨ様、春日の作ったティラミス食べてくれたわよ」

「………」

「春日と現世に行った時のこと、キヨ様ちゃんと覚えていたわ。とっても愛おしそうな、嬉しそうな、でも少し泣きそうな顔をしてた」

「そう……なの？」

春日がちょいちょいと耳を動かして、つぶらな瞳《ひとみ》をこちらに向ける。

「ええ。だから行きましょう？　キヨ様、春日に謝りたがっていたわ。それと……」

私はついでに、自分の罪もボソッと。

「ごめん。春日の初恋がキヨ様だって言っちゃった……」

「ええっ⁉」

「ほんとーに、ごめんっ！」

両手をパンと合わせて謝る。

春日は「ますます顔を合わせられないよ」と顔を真っ赤にして、大きな狸しっぽで顔を隠す。

お涼とサスケ君も「えー……」と、私を白い目で見ている。

「そりゃないわよあんた～乙女の秘めたる想《おも》いを」

「むごいのでござる」

「わ、わかってるわよ！　だから謝ったんでしょう‼」

容赦なく私を責め立てる二人に、私は一層焦って、春日に何度もごめんと謝った。

どうしよう、せっかく仲直りできるチャンスなのに、私が余計なことを言ったせいでそのチャンスを潰《つぶ》しちゃったら！

しかし春日は、しっぽで顔を隠したまま、ぼそりとこんな提案をした。

「ねえ葵ちゃん。あたし、狸の姿のままでもいいなら、行ってもいいよ」

「ほんと⁉」

「うん。お化粧崩れちゃったのも隠せるしね。ねえ、抱っこして」

というわけで、春日の想いをキョ様に暴露してしまった私が小狸姿の春日を抱きかかえて、甲板へと連れて行く。

栗饅頭《くりまんじゅう》みたいに丸まっている春日、あったかくて、可愛らしい。

「うわあああああっ、凄《すご》い凄い！　幻想的〜」

カヤヤ湖に臨み、映り込む氷の古城。

氷里城より一回り小さいが、景観も相まって一際美しく、圧巻だ。

下方を氷霧に覆われていて、ぼんやりと浮かびあがっている様も、神秘的で美しい。

「葵さん、それは……春日さんですか？」

銀次さんが側に来て、小狸の春日を覗《のぞ》き込む。

「そうよ銀次さん。ふてくされちゃって、抱っこしてくれないと行かないって言うの。まるで子狐姿になった銀次さんみたいね」

「ええっ⁉　私そんなこと言ったことありましたっけ？」

やたらと慌てる銀次さん。

「……銀次、お前……」

「ちっ、違いますよ乱丸！　誤解です、多分」

あの乱丸がドン引きした目で銀次さんを見てる。私、変なことを言っちゃった？

お涼はこの寒さと雪にはしゃいでいるし、サスケ君はやたらとキョロキョロしている。

そんな中で、キヨ様もこちらに気がつき歩み寄ってきた。

「春日……」

「…………」

春日はというと、私の腕の中でプイッとそっぽをむいてばかり。

キヨ様は春日に目線を合わせて、

「ごめん。ごめんね、春日。君の本当の気持ちを一つも確認しないで、勝手なことばかり言って。氷里城に戻ったら、また話をしよう。昔のことでも、思い出しながら……」

「…………」

「春日、こっちにおいでよ」

キヨ様が春日に手をのばす。春日はチラチラとそれを気にしている。行きたいんだけど、意地で行けないんだろうなあ……と思ったので、私が「はい」とキヨ様の腕に春日を乗せた。

「ちょ、ちょっと！　葵ちゃんの裏切り者‼」

「だって春日ずっしりしてるんだもの……ずっと抱え続けるの大変」

「ひ、ど、い‼」

春日は怒って尻尾《しっぽ》の毛を逆立てていたが、その尻尾をキヨ様に撫《な》でられ、スーッと大人しくなる。なんだか満更でもない様子。

ただの狸になって、キヨ様の腕の中で丸くなってる。

「春日のこの姿、久々に見た気がするよ」

「……だって、北の地に来てからこんな姿晒《さら》したことないもん。狸鍋《なべ》にされかねないし」

「そんなことしないよ。こんなに可愛いのに」

モフモフもふもふ。冬の狸があまりにもふもふで愛らしいので、キヨ様の表情も綻《ほころ》んでいる。なんだかんだと、春日も大人しい。

この姿であれば、まだ素直に甘えられるのかもしれないな、春日は。

「何か、妙でござる」

「？」

サスケ君が真っ先に異変に気がつき、急ぎ私や銀次さんの前に立った。

どうしたのだろうと私が呑気《のんき》なことを考えていた、その直後だった。

「キヨ危ないっ‼」

春日の叫び声とほぼ同時に、銃声音が響く。それは一瞬で空を切り襲いかかった。

私は、キヨ様の腕から飛び出し小さな体を大きく広げてそれを受け止める、小さな狸の姿を見た。

「春日‼」

床に転がった春日をキヨ様が抱き上げる。でも、春日は血まみれで……

何が起こったのか理解していない。だけど、春日がその身でキヨ様を庇《かば》ったことだけはわかる。

「あの古城からの発砲だ。何か様子がおかしい！　まだ来るぞ‼」

乱丸の声で、誰もが体を伏せる。

間もなく氷の玉がいくつも飛んできた。サスケ君が私たちを守りながら、太い柱の後ろまで誘導する。

「春日、春日、なんで君が……っ、そんな！」

しかしキヨ様は春日の名を何度も呼び、血まみれの小さな体を抱きしめている。

気が動転してしまい、逃げようともしないのだ。

「城主、落ち着きなさい！　一時船内へ戻りましょう、早く！」

レサクさんの指示により、氷の盾を作って弾丸を防ぐ兵士たちに守られながら、我々は急いで船内へと逃げ、分厚い扉を閉めて閉じこもった。

すぐに、撃たれた春日が船内の医務室に運ばれる。

突然のことに頭が真っ白になっていた。私も。

目の奥で消えずに残っているのは、血だまりに伏した小さな春日の姿で……

「どうしよう、どうしよう春日が……っ。なぜ、こんなことに」

震えて口元を押さえる私の疑問に答えたのは、乱丸だ。乱丸は冷静だった。

「おそらくだが、あの古城、すでに賊に占領されている」

「しかし！　今朝城守りに連絡をとった時は、何も問題なしと」

キヨ様は頭を振って、状況を理解するのに精一杯というようだった。

乱丸がキヨ様の真正面に立ち、彼に言って聞かせる。

「だが今はもう問題なしとは言えねえだろうがよ。俺たちがここへ来ると何者かが賊に知らせて、事前に古城を乗っ取り、我々を待ち伏せしていたのなら分かりやすい話だ。もしくは城守りもグルか。なあ、心当たりはあるんだろう坊ちゃん」

「………」

乱丸の言葉で、乱れた心を整理できたのか。

キヨ様は一度深呼吸をして、頷いた。

「……ええ。その可能性は十分ありえます。僕が八葉であると不都合な者は多い。奴らはこの一帯を縄張りとしている、卑劣な悪事を行う空賊・可霧偉団でしょう。賊の取り締まりを強化しようとしている僕を、消したいでしょうから。空賊だから空から襲ってくるものとばかり思っていました。僕のせいで、春日は撃たれた」

うつむきがちに答えるキヨ様。

だけど次に頭をあげた時には、城主として覚悟を決めたような、強い目の色をしていた。

その奥にギラギラと光るものを見つけたのか、乱丸だけが密《ひそ》かに笑みを浮かべていた。

すぐに、今後どうするかがキヨ様たちによって話し合われる。

私はその話し合いに加わることすらできず、ただ春日の無事を祈りながら、医務室の前で立ち尽くしているのだけれど。

「ねえ、お涼。春日……大丈夫、よね」

「そんなの私には分からないわよ。ったく、いつもいつも、危険なことばかりして。今回だって古城から城主を狙う何かに、誰より先に気がついてしまったのよ。真っ先に自分の体投げ出して、他人を守って。自分のことは、全然大事にしないんだから、あの子……っ」

お涼は腕を組み、口調もいつもながらツンツンしていたが、目を見れば春日が心配でたまらないという本心が読める。

そんな時だ。

医務室が開き、中から白い衣を纏《まと》った、北の地のくノ一・イタキさんが出てきた。

彼女が春日の治療をしてくれたのか。

「あの！　春日は……っ」

私たちは急ぎ彼女に駆け寄る。イタキさんはマスクを外した。

「春日様は命は取り留めましてございます。しかし、大変なことに。春日様を撃った鉄砲玉は、毒の氷玉でした」

「……え」

毒の氷玉？　それって……

ふと、頭をよぎったのは、毒の皿の一件だ。

大きな不安にかられ、胸元で手を握りしめる。その手が震えて仕方がない。

「ええ。それは撃ち込まれると、体の熱でじわじわと毒が溶け出す仕組みの玉です。半分は取り出しましたが、すでに半分は溶け出してしまっていて……申し訳ありません。春日様をお守りできなかったのは、私の責任です」

イタキさんは深く頭を下げた。

私たちが何も言えずにいると、彼女は顔を上げて「ですが」と続けた。

「春日様を助ける方法はあります。氷の玉に含まれた毒は雪キノコの一種で、〝シグ茸《たけ》〟と呼ばれているものです。冬にのみ生える希少なキノコで、解毒剤はそれと対をなす〝リコ茸〟から作ることができるのです」

「リコ茸？　それがあれば、春日を助けられるの⁉」

「ええ。しかし近年では、両方とも入手困難なキノコとなっています。古くは山の民がシグ茸を除去し、リコ茸を採取しては売り物にしていましたが、その山村も減ってしまい……氷里城に予備もなく、新しいものをこの広い北の地の山奥で探さねばならない状態です。猶予は、三日といったところでしょう」

「…………」

要するに、春日の命は保って三日ということ。我々はその説明を聞いて、絶望した。

涙目になりながら、医務室の春日の下へ向かう。

春日は狸の姿のままだ。横腹の傷口は治療されて包帯を巻かれているが、ぐったりと寝台に横たわり、毛並みをボロボロにして、小刻みに体を震わせている。

その様は、まるで見ていられない。半開きの目は、濁った色をしていた。

「春日、春日しっかりして……っ」

「……葵ちゃん、ごめん。心配かけちゃったね」

春日の掠《かす》れた声、絶え絶えな呼吸。それがあまりに苦しそうで。

一瞬、春日がこの世からいなくなるような、恐ろしい想像をしてしまった。

「春日、なによその弱々しい姿は。あんたは元気だけが取り柄の狸じゃないのよ！」

「お涼……様。へへ、あたしやらかしちゃった」

春日はお涼の声を聞くと、濁った半開きの瞳《ひとみ》を、一度大きく見開く。

そして、

「……あたし、お涼様はまた若女将《わかおかみ》になるって信じてるよ。だから……お涼様が天神屋の若女将しているところ……もう一度見たかったなあ」

春日はその言葉を、あえて伝えたのではないかと思う。

彼女の傍には、氷里城の通行手形と共に、以前お涼が春日に与えた、鈴の飾りも置かれていた。

お涼はぐっと目の端に涙を溜《た》めて、彼女を「馬鹿！」と罵《ののし》る。

「なに遺言みたいなこと言ってんのよあんた！　私を誰だと思っているの。若女将なんて、あんたが死にかけなくてもすぐなってやるわよ！　だから……っ」

そして、小さな狸の春日の、冷たくなった頬に触れる。

「許さないわよ、私が、私がまた若女将に返り咲く時に、あんたが祝福の一つも寄越さないなんてことがあったら、絶対に許さないから！」

若女将になんてもうならないと豪語していたお涼。

やっぱりあれは、本音ではなかったのだと思う。

春日がこのまま弱っていくかもしれないと……そう思うと、お涼はもう自分の中にある野望を隠すことなく、覚悟を決めて春日にぶちまける。

「あんたがもう、私の部下でなくてもいいの。ここで幸せに贅沢三昧《ぜいたくざんまい》していていい。時々天神屋に遊びに来て、私が若女将として、あんたをもてなすことができれば……それでいいのよ。だから、もう少しだけしっかり生きてなさい。あんたのことは、私が助けてあげるから」

お涼が誰かの為に泣いているところを、初めて見た。

この言葉に勇気づけられたのか、春日も少しだけ表情を柔らかくして、ゆっくりと目を閉じる。

「春日……っ」

「大丈夫です。痛み止めの効果で、眠っているだけですから」

イタキさんに促され、私たちは医務室を出た。

すぐに春日の容体を知らされたキヨ様たち。

キヨ様は額に手を当てて、動揺を隠せないようで……

現在、空賊と対峙《たいじ》したこの状態で、さらに春日の解毒剤となるリコ茸を入手しなければならない。

「このまま、一度氷里城へ戻った方がいいのでは」

「何をいう銀次。ここで賊に背を向けて逃げてみろ、敵の思うツボだぞ！　今後のことを考えるのならばここで叩《たた》くべきだ！」

「しかし乱丸！　このままでは春日さんが」

「城に戻ったって必要な解毒剤は無いんだろうが」

銀次さんと乱丸が激しく意見を交わす中、ちょうど目の前の円卓に置かれた毒草図鑑の〝リコ茸〟の絵をじーっと見ていたお涼が、

「私これ知ってるわ」

さりげなく、だけど驚くべき発言をした。

誰もがピタリと無言になって、お涼に注目する。

「この雪キノコ、私の住んでいた村の裏山に生えてたと思う。長老様が、大切なものだとおっしゃっていたから、覚えているわ」

「……え、えっと。なら……お涼」

「ええ。私が、そこを目印に取りに行きましょう」

まさか。

まさかお涼がこの局面で、役立つ情報をもたらしてくれるとは。

誰もがしばらく目をぱちくりとさせていたが、やがてキヨ様がお涼の手を取り、真剣な眼差《まなざ》しで問う。

「リコ茸の件、頼めますか？」

その手は見るからに震えており、一つの希望に縋《すが》っているかのようでもある。

お涼も、自分を頼る北の地の若き城主に、頼もしく頷《うなず》いてみせた。

「ええ、勿論《もちろん》。なんせここは故郷。私は山村育ちの雪女です。北の冬を知り尽くしていますから。それに……春日は私の可愛い元部下。ここで死なせてしまう訳にはいきませんからね」

お涼は先ほど春日と話をした時に、すでに覚悟を決めていたのだった。

その後、今後の方針が定まる。

春日の解毒剤となるリコ茸を探しに、お涼と、私と銀次さんがここを脱して、お涼の村があった北の山へと向かう。

その間に、レイレイ号に残ったキヨ様や乱丸、サスケ君たちが、古城に巣くう賊を討伐する。

危険な事ばかりだが、やるしかない。

春日の命と、北の地の名誉を天秤《てんびん》にかけるのではなく、どちらも守るのだ。

第六話　冬の王の落とし子

春日《かすが》の解毒剤の素材となるリコ茸を求め、北の山へと向かうことになった。

レイレイ号の貯蔵庫にて雪山に必要なものを纏《まと》めながら、お涼《りょう》は、私にはここに残るように言う。

「葵《あおい》、あんたには危険すぎる。この宙船《そらふね》で待っていた方がいいわよ」

「ううん、私も行くわ。お涼や銀次《ぎんじ》さんに何かあった時、私の料理があれば霊力を回復できるでしょう？」

「そりゃそうだけど、あんた人間じゃない！」

お涼が脅すも、私は急いで荷物を袋に詰め続ける。

制限時間がある中で、凝った料理なんてしようとは思わない。最低限、霊力回復の術式が調理過程に施される程度でいい。

このレイレイ号にあった保存食用の缶詰めは役に立ちそうだ。

「お涼さん。葵さんは行くと言ったら行く人です。観念して、我々が葵さんをサポートしましょう。葵さんの料理が必要になる場面は、確かにあると思うので」

「まったく、若旦那《わかだんな》様まで。さっきは渋るサスケ君にここに残るよう言いつけておりましたのに」

「サスケさんは戦闘力が高いが故に、可霧偉団《カムイだん》討伐の作戦に不可欠です。それに……いざという時の為に、天神屋《てんじんや》側と急ぎ連絡を取れる者をここに残しておかなければ。それができるのも、彼だけですから」

「……はあ。仕方がないですわね」

お涼は最終的に、私を同行させることに納得してくれたが、それでも心配は尽きないという表情だった。

雪山の恐ろしさは彼女が一番知っている。

今回は、お涼がこのチームのリーダーである。

「我々が可霧偉団の連中を引きつけておきますので、その際このように迂回《うかい》する形で北の山へと抜けてください。どうぞよろしくお願い致します」

操縦室の円卓に広げられた地図を確認した。

私たちはいよいよレイレイ号を脱して、賊に見つからないよう北の山へと向かわなければならない。

カヤヤ湖を、可霧偉団の団員が囲い、待ち伏せしているのは、すでに分かっている。

空にも空賊《くうぞく》の宙船が一隻。

それらの包囲網を抜けていく為の策として、この後、キヨ様が、古城に潜む賊に対し宣戦布告の特殊警報を鳴らす。

それは一日一度しか使えないという、氷里城《ひょうりじょう》の城主に受け継がれるレイレイ号に備わった〝氷熔《と》かし〟の警報で、音の響き渡る一帯の、永久氷壁《えいきゅうひょうへき》以外の氷が全て溶けてしまうという、凄《すご》いものだ。

古城は永久氷壁でできているので溶けることはないが、カヤヤ湖を覆っている氷や、妖《よう》氷製《ひょうせい》の武器などは、一気に溶けて無効化される。

賊の輩《やから》には動揺が走るだろうから、その混乱の間に、銀次さんの背に乗って私とお涼が北の森へと抜けていく算段だ。

「銀次、てめえチンピラ共なんかに負けんじゃねーぞ。女二人抱えてんだからよお」

「わかってますよ、乱丸《らんまる》」

「奴らなんか踏み潰《つぶ》していけ。嚙《か》み付いてしまえ」

「……私より、そういうのは乱丸の方が向いているというか、想像できますよ」

乱丸、やる気満々に見える。特別警報の後は、レイレイ号の兵士や乱丸も、あの古城へと突入する算段だからだ。暴れてやろうと思っているのだろう。

「ではお涼さん、葵さん、若旦那殿、ご武運を」

我々はキヨ様に見送られ、古城とは反対側の甲板に出た。

銀次さんは巨大な狐姿となり、私とお涼は、その銀次さんの背に跨《また》がった。

時間との勝負。しっかりと彼に掴《つか》まっておかなければ。

我々の準備が整ったと同時に、レイレイ号の塔の頂上が抱く氷の球体より、氷がぶつかり合うような高らかな音が鳴り響いた。

警報は大きな揺れを生み出し、空気が振動する。それは全身に強く響く振動だ。

これが氷熔かしの特殊警報。

周囲の湖の氷すら、バキバキと音を立てて割れ、さらには蒸気をあげて溶けていく。

まるで熱湯でも浴びたかのようだ。

銀次さんはその白くもくもくと立つ蒸気にまぎれ、溶けつつある流氷の、わずかな幅を見極めて飛び移りながら、難なく対岸に着地する。

「うわあ！　銀の九尾だ！　奴らレイレイ号の者たちだ」

「蒸気にまぎれた奇襲のつもりか!?　仕留めろ！」

「無理です！　氷の槍《やり》も氷の剣も、全部ドロドロに溶けてしまって！」

岸を見張っていた賊の輩が、氷熔かしの警報の効果に怯《ひる》んでいる隙に、銀次さんが奴らを蹴散《けち》らし、そのまま北の森へと駆け抜けた。

まず目指すべきは、お涼の故郷だった山村。

地図と羅針盤は持っている。後はもう、お涼の記憶を頼りにそこにたどり着き、無事にリコ茸《たけ》を手に入れて帰るのみだ。

怒声が聞こえる。我々を追っている者もいるだろうが、すでに何か、大きな戦闘が始まっているような猛々《たけだけ》しい空気を背後に感じる。

なんだか、この地へやってきた最初を思いだす。

でも大丈夫。あのひとたちは八葉《はちよう》の大妖怪《ようかい》。

私たちが戻る頃には、姑息《こそく》な暗殺を企てた賊を、完膚なきまでに叩き潰している。古城すら奪還していることだろう。

心配なのは、やはり春日だ。

私たちが戻るまで、頑張るのよ――春日。


それから約三時間ほど、九尾の狐姿の銀次さんは雪の中を走った。

そしてたどり着いたのは、お涼が幼い頃に住んでいたという村。

それは確かに山間部にあったが、もうひとっ子一人おらず、廃村も同然だった。

「ま。予想はついてたけどね。こんな山奥、いくら氷人族《ひょうじん》でも住めるような場所じゃないわ。治安も悪くなって、皆どこか大きな町にでも移動したんでしょうね」

お涼は淡白な感想を述べ、かつて自分が住んでいたという家の前を通る。

急勾配《きゅうこうばい》の屋根が特徴的で、全体が三角形を描く茅葺《かやぶ》き屋根の小屋だ。

合掌造りというやつかな。

「屋根を滑る雪と氷柱《つらら》に気をつけて。ぺしゃんこにされたら簡単に死ぬわよ」

お涼が戸を開いて中を覗《のぞ》くと、すっかり荒れ果てており、あちこちボロボロだ。

やはり人はおらず、お涼は静かにため息をついたように見えた。

家族と会えるという期待を、心のどこかで抱いていたのかもしれない。

「山賊でも入ったのかしら。今にも壊れそうだけど、夜を過ごすのならここでいいかも」

「どれほど時間がかかるかわかりませんから、雪を凌《しの》げる拠点があるのはありがたいですね。建物自体はとても頑丈そうです」

さて。ここにビスケットがある。ティラミス作りで余ったものを、何か役に立つかもと思い持ってきていたものだ。

これを、温めただけで食べられる缶詰めのホタテスープに浸して、簡単に食事を済ませたのち、さっそくお涼の家にあった鈴のついた杖《つえ》を片手に、山の森の中へと潜った。

今日はそれほど風も強くなく、降り積もった雪に深さもなく、進みやすいとのこと。

吹雪《ふぶ》いた日でなくてよかったと、お涼は言った。

でも、安心はできない。山の天候は変わりやすいらしい。

「ねえお涼、お涼はこの辺でよく遊んだりしてたの？」

先頭を歩くお涼は、振り返ることなく答えた。

「遊ぶっていうか、食料を取りに出ていたわ。それこそ雪キノコとか。冬は貯蔵している もの以外に食べ物がないから、やっぱり雪キノコに助けられていたわ」

「冬の王の落とし子……というやつですか？」

「ええ、そうですわ若旦那様。冬はそれが栄養源で、最大の恵みですもの。ほら、見てごらんなさい。この木にも、白いキノコが生えてるでしょう」

お涼が手に持つ木の杖で、ある木の根元の雪を払うと、ヒラヒラとした白いキノコがびっしりと生えている。

これユキマイタケかな。初めてここで食べた雪キノコに似ている。

お涼はこんな話もした。冬の前までに田畑で収穫できる食物が少なかった年は、冬越えが最悪だったと。

「だいたいそういう時に、貧しい山村に子どもの使用人を買いに来る妖都《ようと》の貴族や富豪の使いってのがいてね。それで私は、ある女主人に買われた。私は奉公に出されたと周りには言っているけれど、実際は親に金で売られたのよ。養う余裕がないからってね」

「……そんな、そんなこと」

「冬の山に捨てられるより全然マシよ」

「…………」

銀次さんは黙って聞いている。そういうことは、この隠世《かくりよ》ではままあることなのかもしれない。

「別に、同情なんていらないわよ葵。あのまま寂れた村で貧乏人してたって、いいことなかったでしょうから。ま、前の女主人のところでは酷い目にあったけれど、食べ物はあったし、綺麗《きれい》な着物も着せてもらえたしね。それに運良く天神屋の大旦那様に拾っていただいた……。ま、天神屋で働くのも楽じゃないけどね〜おほほ」

「あ、そういえば……星華丸《せいかまる》にお涼さんが戻れないことを、連絡できないままでした」

「あっ⁉」

銀次さんの一言で、笑っていたお涼がコロッと慌てる。

もともと色白なのに、いつも以上に青い顔になっていくお涼。

「でで、でもこれは、仕方がないことではなくって⁉　春日の一大事だもの。そしてそれは、大旦那様の一大事にも繋《つな》がっていますわ」

「その通りですよ、お涼さん。大丈夫です。後で何か言われたら私からちゃんと説明しますから」

「そこんとこよろしくおねがいしますわね若旦那様！　特に、あのくどくどうるさい一つ目の女将《おかみ》と、笑顔でプレッシャーかけてくる菊乃《きくの》さんには‼」

お涼がくるりと銀次さんに向き直り、さりげなく上司の悪口を交えて訴えている。

その勢いで銀次さんは少しのけぞって「……はい」と小声で返事をしたのだった。

「雪山すら恐れないお涼にも、怖いものがあるのねえ」

「当たり前でしょ葵。女の闘いは生半可じゃなくってよ」


さあ、本腰を入れてリコ茸探しを開始する。

お涼がかつてその雪キノコを見つけていたという辺りは、雪ばかりでぱっと見はわからないが、木の杖を使って木の根元の雪を払うと、様々な雪キノコに出合えた。

しかしなかなかリコ茸が見つからない。

「リコ茸は、笠《かさ》の部分が普通のキノコより大きくて、表が白で裏のヒダが水色。柄の部分は浅黒い青。笠の真上に、グルグルと円を描くような模様があるのも特徴ね。確かこういう大きな木の根元にあったと思うんだけど……」

「貴重な代物ですから。根気強く探しましょう」

「ええ、そうね」

それから何時間探しただろう。

体も冷えてきて、空も暗くなってきた。しかしリコ茸はまだ一つも見つかっていない。

違うキノコばかりがたくさん採れてしまい、途方にくれる。

「いったん、あの集落へ戻りましょう。気温も下がってきましたし、暗くなっては身動きがとれません」

「で、でも、あまり時間はないわ。刻々と毒が春日の命を脅かしていると思うと……私」

「葵さん。ここは我慢し明日に賭《か》けましょう。あなたの体力も、もう限界なのでは」

銀次さんはお見通しだ。私の体が冷え切って、手足がまともに動かないことを。

その様子を見て、お涼も「そうね」と。

「葵と若旦那《わかだんな》様は村へ戻った方がいいわ。私の家、雪と風は防げるでしょうから」

「お涼は？」

「私は、少し気になっている場所があるから、今から行ってくる」

彼女は空を見上げている。

雪を纏《まと》った木々の隙間から、うっすらと白月が浮かんでいるのを。

「そんな、ダメですお涼さん！　夜は危険です!!」

銀次さんは慌ててお涼を止めようとしたが、お涼はジトッと銀次さんを横目で見て、小さくため息をつく。

「若旦那様、私は雪女ですよ。それも生粋の山の雪女。この程度の寒さはなんてことないし、夜は特に、雪女としての力が高まる時間帯。人間の葵とは違いますわ」

「そ……それは、そうかもしれませんが」

「ご心配なく。きっとリコ茸を採ってきますから。あなたは葵を守ってあげてください。仮にもその子は大旦那様の許嫁《いいなずけ》ですもの。あなたは葵を無事に天神屋へと連れ帰る義務がありますわ。万が一、私が戻らず、春日の命が助からなくても」

「ちょっ、ちょっとお涼！　なによその話！」

「だから、万が一って言ったでしょう葵。全滅だけは避けなければって話よ。大丈夫、それでも雪山での生存率は、私が最も高いでしょうよ」

「……お涼」

彼女は、両手を軽く広げ、一度大きく深呼吸した。

周囲の雪が舞い、お涼は着物の袖《そで》を翻しながら、ふわりと体を宙へと浮かべる。

そういえば、お涼は飛べるんだった。

「私はより北の方へと向かうわ。いいこと、夜は小屋の外に出てはダメよ。夜になると、熊や狼も出るんだから」

注意だけして、お涼はそのまま空高くへと飛んで行ってしまう。

周囲はもうすっかり暗く、銀次さんも狐火を出す。

ぼんやりと、周囲が明るく照らされた。逆に闇夜も強調される。

「さあ、葵さん。急いであの廃村へ戻りましょう。今、我々の中で最も頼れるのはお涼さんです。彼女にも考えがあるのでしょうから、ここは任せてみましょう」

九尾の狐に化けて、私に背に乗るように言う。

お涼は心配だが、確かにここは、私が口を出す場面ではない。

素直に銀次さんの背に乗る。銀次さんはそのまま山を駆け下り、先ほどのお涼の村を目指した。なんだか、降る雪も風も、徐々に強くなっている気がした。

そして、

「えっ⁉　村に灯りが……っ」

山村にたどり着き、私たちは驚かされる。

なんと村にある合掌造りの小屋には、点々と灯りがついていたのだ。

煙突からも、煙が出ている。大きな笑い声や、荒くれた叫び声も聞こえる。

要するに、誰かがこの村にいる。

「おそらく、この辺りにいる山賊でしょう。裏山で出くわさなかったのは幸いですが、この村へは、もう立ち入れません……っ」

「そんな」

ならばどこへ行けばいいのだろう。

私たちが次に向かうべき場所を考え、迷っていた、その時だ。

「おい、てめーら何モンだ⁉」

目ざとく私たちを見つけた山賊たちが、その瞳《ひとみ》を光らせ、ジリジリとこちらに集まり始めた。狼の顔を持つ、獣のあやかしたち。

「人間だ」

「人間の娘もいるぞ。美味《うま》そうだ」

奴らは鼻が利くのか、私の存在にもすぐ気がつく。

「氷狼《ひょうろう》……っ、あいつらは危険です！　人間の肉はおろか、狙ったあやかしも食い尽くす。葵さん、逃げます！」

銀次さんが裏山へと引き返した。私は振り落とされないよう、しっかりと背にしがみついていたが、氷狼族というあやかしもその体を野生の狼のように変化させ、私たちを追いかける。

広い雪原に出ると、四方八方から氷狼が飛び出してきた。

吹雪が強くなり、隠れる場所もなく、我々は取り囲まれてしまう。

「きゃあっ」

羽織りの裾《すそ》に氷狼が食いついて、私を引きずり落とした。

「葵さんっ!!」

銀次さんが九つの尾をふるって、私を引きずり落とした狼を雪ごと払ったが、前から後ろからと、氷狼が我々に飛びかかる。

九尾姿の銀次さんはその大きな体で私を覆い、身を挺《てい》して守ろうとしてくれた。

牙《きば》を剝《む》いて襲いかかる、氷狼たちから。体のあちこちに食いつかれてもどこうとはしない。銀次さんは苦痛に鳴いた。

「銀次さん、銀次さん！」

血のにおい。ポタポタと、私の頰に落ちる。銀次さんの血だ。

それなのに、私は彼に守られながら、その名を呼ぶ事しかできない。

「やめて、銀次さん！　私なんか置いて、逃げてちょうだい！　銀次さんなら逃げられる！」

「ダメです！　葵さんを、無事にお帰しできなければ、私は……っ。私は、大旦那様からあなたを任されているのです。あなたが天神屋へとやってきた、その時から。いえ、それよりずっと昔から！」

「……銀次さん」

その言葉で、ふと思い出されたのは、あの能面のあやかし。

銀次さんは、それを大旦那様から任されたことなのだと、暗に私に伝えている……？

「で、でも……っ、でも！」

しかし今、そのようなことをぼんやりと考えている場合ではない。

このままでは、銀次さんが氷狼たちに嚙《か》み殺されてしまう――

こんな場所で、私はまた銀次さんに守られてばかり。自分からついていくと行っておきながら、足手まといになっている。
私は銀次さんの下から這《は》い出て、そのまま真っ直ぐ走った。
「⁉ 人間の娘が逃げたぞ‼」
氷狼たちは銀次さんから離れて、私を追いかける。
そう。それでいい。少しでも銀次さんから、氷狼を引き離さなければ。
「葵さん！ 無茶です、やめてください！」
周囲を氷狼に囲まれ、私は懐から、料理用にと持っていた小刀を取り出して、構える。
手は震えていた。料理に使う肉以外を、切ったり刺した事などない。
それ以前に、私に向けられる氷狼たちの殺気。
私を食いたくてたまらないという、そのギラギラした瞳が恐ろしくて。
「来るなら来なさい。私があんたたちを捌《さば》いて、狼鍋《なべ》にでもしてやるから」
強がりな言葉すら震えている。
氷狼たちはジリジリと間合いを詰めて、ある瞬間、わっと一斉に飛びかかってきた。
私は目をぎゅっと瞑《つぶ》って、ただ小刀を握りしめていただけ……
しかし、その時だ。
ズシン……ズシン……ズシン……

大地を震わせ、足元から伝わってくる地鳴りにハッとする。

「ウー……アー……」

何か、うめき声のようなものも遠くから聞こえる。

この音を聞いて、氷狼たちはピタリとその動きを止めると、我先にと森の方へと逃げていった。

どういうことだろう。

この音は背後から聞こえているような気がして、私はゆっくりと、振り返った。

「あれ……なに……」

それは、巨大な人影のように見えた。

吹雪のせいではっきりとは分からないのだけれど、大きな大きな、そびえ立つほど巨大な影が、雪原の遠くに浮かび上がって見える。

それは、ズシン、ズシンと地鳴りのような足音をを立てて、山を下っているようだった。

「はっ。……銀次さんっ！」

私は急いで銀次さんに駆け寄り、彼の傷の具合を確かめる。

あちこちから血を流し、銀次さんはぐったりしている。

やがて、その体を小さな狐に変えて意識を失う。

「そんな……っ、銀次さん、しっかりして！」

銀次さんまでが、こんなに傷だらけになって。

どうすれば、どうすればいいの。

私は何もわからず、寒さで思考もままならず、ただ子狐姿の銀次さんを抱き上げ、抱きしめた。彼に何か、食べさせてあげることができれば、霊力と体力を回復することができるかもしれない。急いで荷物を探したが、吹雪《ふぶ》く雪にすっかり隠されてしまったみたいで、どこにあるのかもわからない。

この吹雪の中、どこへ向かっていいのかも、全くわからない。

「そうだ。さっきの……大きなあやかし」

氷狼が逃げ去るほどの、大妖怪《ようかい》なのかもしれない。

あれがどのようなあやかしであれ、このまま銀次さんを死なせてしまうくらいなら、助けを求めてみよう。

「……待って、待ってよ」

私は銀次さんを抱きかかえたまま、薄《うっす》らと遠くに浮かび上がる、その巨大な影を追いかけた。

息をすることすら辛《つら》い。喉《のど》が、凍《こお》りついてしまいそうだ。

「待って……っ‼」

なんとか張り上げた私の声すら、轟々《ごうごう》と吹き付ける雪と風にかき消されてしまう。

徐々に意識も朦朧《もうろう》としてきて、深い雪に足を取られて、私はその場に倒れてしまった。

「…………」

寒い。眠い。

起き上がる力ももう無い。

だけど、ここで私が倒れてしまったら、私を守るために傷ついた銀次さんは……

毒に苦しむ春日はどうなるの？

大旦那《おおだんな》様は？

私はもう大旦那様に会えないまま、北の地の、何も無い真っ白な雪原の上で、命の灯火《ともしび》を消してしまうのだろうか。

嫌だ。そんなのは嫌。

私、まだ、大旦那様に会っていない。確かめたいことだってあるのに。

そして……多分、伝えたいことも。

ドクン……ドクン……

心臓が脈打つ、その音が聞こえる。

体の奥底で熱く燃えている、炎を見た気がしたの。

それがまるで、大旦那様の鬼火みたいで……なんだか安心する。

でも、そんな安堵《あんど》を抱いた直後、細い糸で繋《つな》がっていたような意識もふわりと飛んで、遠く彼方《かなた》へと遠ざかってしまった。

私は銀次さんを抱きしめたまま、目を閉じる。

そして白い雪に抱かれて眠る。

寒さと空腹が、ずっと怖かった私。でも、今ばかりはそれほど悪い気がしない。

銀次さんが一緒にいるからかな。

それとも……

大旦那様を彷彿《ほうふつ》とさせる灯火が、体の奥底で、静かにゆらめているからかな。

第七話　雪ん子のおもてなし

「〜〜〜〜〜〜エイ！　〜〜〜〜〜〜〜ルウ」

「シッシッシッ。〜〜〜〜テン〜〜〜ミイ」

不思議な音……いや、言葉？　何か分からないけれど、声が聞こえる。

それにいい匂いもする。何より暖かい。

さっきまで、寒くて寒くて、眠たくて眠たくて仕方がなかったのに。

今では空腹の苦しさを思い出して、私は意識を揺さぶられる。

「……ん」

ゆっくりと目を開けると、白くなだらかな、ドーム状の天井を見ていた。

どこからか、パチパチと薪《まき》の燃える音も聞こえてくる。

「私、生きてるの？」

それともここは黄泉《よみ》の国かしら……

だったら私は異界をもう一つ越えたことになるわね……

なんて冗談でも笑えないことを考えていたら、にゅっと私の顔を覗《のぞ》き込む、白くて丸い頭の〝何か〟と目が合う。

「〜〜〜ミィ。〜〜〜チィ」

その丸い何かには黒目が二つ。そして丸い口が一つ。

枯れ草で作った蓑《みの》を纏《まと》っている。

雪だるまのような、てるてる坊主のような……なにかしら、この変なあやかし？

「な、なに、あなた」

私は慌てて起き上がり、後ずさりした。

しかしすぐに、自分が真っ裸であることに気がつき、慌てて自分にかけられていた毛布を引き寄せる。

服は……宙に吊《つ》り下げられた紐《ひも》にかけられ、乾かされているみたいだ。

雪で濡《ぬ》れていたからかな。

「〜〜〜ミィ？」

首を傾げる、白い何か。

しかしすぐに、その子は手をポンと叩《たた》くと、ふわふわと宙に浮いて衣服をとってくれた。

「テイ！」

そしてそれを、得意げに私に手渡す。……かわいい。

「あ、ありがとう」

着物を着ながら、先ほどのことを思い出す。

氷狼《ひょうろう》に襲われて……地響きのような足音と、巨大な影を見て……それで……

「そうだ、銀次《ぎんじ》さんは……っ⁉」

怪我をした銀次さんを捜した。

彼はすぐ側の、ふかふかしたワラの上にいた。九つの尾を持つ小さな狐姿で、丸くなって寝ている。

随分と怪我をしていたが、すでに治療されているみたいで……

「〜〜〜よかった」

私はほっと胸を撫《な》で下ろした。

心を落ち着かせると、状況を確認する余裕も出てくるというもの。

ここ、雪を固めたかまくら？　よくよく見ると、失ったと思っていた荷物もこの部屋にある。

「あなたが、私たちを助けてくれたの？」

「……ルールー」

「あなたはだあれ？」

何かと問いかけてみるも、白いその子の言語がさっぱりわからない。

多分、氷人族《ひょうじん》系の、小さなあやかしなんだろうけれど……

ちょうどその時、空腹を改めて主張するかのように、私のお腹がグゥと鳴った。

そりゃそうだ。お昼にビスケットを浸した缶詰めのホタテスープを食べて以降、他には何も食べていないもの。

「チッ、チチ！」

「わっ」

さっきから私を気にかけてくれている白い子が、こっちこっちと私の手をひっぱる。

この場所を覆っていた、刺繍《ししゅう》の細かな垂れ幕を手で払うと、そこには居心地の良さそうな板の間があり、真ん中には、赤々と炭火が燃える暖かそうな囲炉裏があった。

そして、白い何かが、もっとたくさんいる。

この巨大なかまくらで、集団で生活しているみたい。

見分けなどつかないほど、みんなそっくり。性別とかあるのかな。

同じつぶらな瞳《ひとみ》を一斉にこちらに向けて、彼らは私をじーっと観察していた。

「ええと……あの、助けてくれて、ありがとうございました。私、津場木葵《つばきあおい》と言います」

感謝を述べ、名乗って頭を下げる。

すると白い何かはわらわらと私に群がり、こっちこっちと背を押したり手をひっぱったり。

まるで客人をもてなすかのように、囲炉裏の側に敷かれた座布団の上へと促す。

「……わあ」

さらには、私の空腹に直接訴えかけるような、美味《おい》しそうな代物が目の前に。

囲炉裏には大きな鉄鍋《てつなべ》が吊り下げられていたのだ。

細く薄く切られたゴボウや、大根、セリの根、様々な種類の雪キノコ、焼き麩《ふ》、鶏肉《とりにく》などが鉄鍋で煮込まれている。お醤油《しょうゆ》と鶏ガラのお汁かな。いい匂い……

また鉄鍋の周囲では、杉の棒に刺した細長い飯を、囲炉裏の火で炙《あぶ》っている。

「これ……たんぽ？」

たんぽ。それは飯を木の棒に巻きつけて、炭火で焼いたもの。

現世《うつしよ》の日本でも、秋田県の郷土料理として知られている。まあ、棒から取り外して、切った状態の〝きりたんぽ〟のほうが、よく聞く名かもしれないわね。

私の隣に座っていた白いあやかしが、きつね色になったたんぽを棒から取り外し、切って鍋に入れていた。なるほど。きりたんぽ鍋にするのか。

それにしても、なんて美味しそう……

シンプルなお醤油と鶏ガラベースのスープで、具材ときりたんぽがグツグツ煮えている様は、今の私には刺激が強い。何度生唾《なまつば》を飲み込んだことか。

鍋はすぐに煮込まれ、向かい側の白いあやかしがそれを器によそい、私に差し出す。

「ヨッヨッ」

食べていいということだろうか。

「い……いただきます」

私はそれを受け取り、まずはお出汁《だし》をすすった。

ああ……なんて温かいの。それに、優しくて素朴な味。

体の芯《しん》から温まるこの感覚を、私は尊いものだと思って、涙すら出そうになる。

こんなにも、お料理の温かさをありがたいと……身に染みて思ったのは久しぶりかもしれない。

「ウーウー、タンタン」

「ん？　きりたんぽも食べてみろって？」

隣の白いあやかしが、私に器の中のきりたんぽを指差してオススメする。

さっきまで、それはよく炙られた硬さのあるたんぽだったが、すでにお汁を吸い込んで、柔らかくなっている。お箸《はし》でつつけば、すぐにほぐれてしまうほど。

「……んん、あつあつ」

じゅわり……よくお出汁がしみていて、少し熱いのだけれど、それがいい。

口の中で、おこげの香ばしさと柔らかいご飯の味がふわりと広がる。

きりたんぽって今まであまり食べたことがないけれど、懐かしいと感じるのは、日本人が大好きなお米を、シンプルに、かつ美味しくお鍋の具に仕上げているからでしょうね。

ああ、たまらないなあ。野菜もたっぷり食べられる。

セリの根や、ゴボウや大根などの、冬の食材……

彼らはどこで手に入れたのだろう。自分たちで育てているのかな。

しらたきや雪キノコも、お汁を吸ってくたくたに……

「テイ！」

「……ん？」

あれ、今隣の子が私の器に入れた、丸ごと煮込まれた、大きな雪キノコ。

上に、うっすらとぐるぐるの模様がある……

「あ……あああああああっ!?」

そして大声で驚いた。そのせいで白いあやかしたちがビクッと体を震わせる。

「これっ、これもしかして〝リコ茸《たけ》〟じゃない!?」

白いあやかしたちはいまだ驚き、目をぱちくりとさせる。お互いに顔を見合わせたりして、また私を見上げる。

「ねえ、このキノコ、いったいどこに生えているの？　私、これを探してこの山へ来たの。お願い教えて。絶対に持って帰らなくちゃいけないのよ！」

必死になって頼んでみると、白いあやかしたちはピタリと食べるのをやめて、囲炉裏を囲んでいた皆が部屋の隅っこに集まり、ひそひそと話し合いを始めた。

あれ、もしかして私、変なことを言った？

しばらくして、彼らは私を囲む。

「〜〜〜ミイ〜〜〜チイ」

「〜〜〜シシシ〜〜〜テイ」

何やら私に言って聞かせていたが、言葉が全く通じないので、私に何を伝えようとしているのか分からない。ちんぷんかんぷんだ。

「あー、あれでしゅ〜。リコ茸は神の恵みで神聖な場所にあるので、タダで教える訳にはいかないって言ってるでしゅ〜」

その時、チビが私の羽織っていた上掛けのポケットから顔を出し、カサカサと人の肩まで登ってきた。

「チビ、あんた居たの？」

「ずーっといたでしゅ。ずーっと、葵しゃんのポッケにいたでしゅ。狼しゃんに服ごと食われかけた時と、吊るされて干された時はどうなるかとビクビクしていたでしゅ〜」

そういう割には、元気そうだけれど。

「通訳ありがとう。あんた、この子たちの言葉がわかるのね」

「なんとなーくでしゅ。あやかしにしかわからないこの感じでしゅ〜」

「何それ。変なの」

チビは眠そうに目をこすっている。

どうやら、雪原のあまりの寒さに冬眠しかけたようだ。

北の地に来てから、いつも眠そうにしているチビ。おかげで静かなんだけれど。

「でも、事情はわかったわ。うーん、そうねえ……私にできることといえば、お料理しかないんだけれど」

すると、白いあやかしたちは顔を見合わせて、また何か言葉を発していた。

それぞれがわーわーと。でもやっぱり理解できない。

「あのでしゅねー、甘くて冷たいお菓子が欲しいって言ってるでしゅ。それと交換なら、リコ茸のありかを教えてやってもいいってことらしいでしゅ〜」

「お菓子？」

「冬の王にお供えするとかなんとか。あと、自分たちも食後に冷たくて甘いもの食べたいーってことらしいでしゅ」

「なるほど……」

要するに、お供え物のお菓子ということかな。

それでいて、自分たちも食べられる冷たいもの……

おまんじゅうみたいな形のものがいいのかな。でも氷菓でしょう？　うーん。

「わかったわ。それと交換でいきましょう。お菓子に使う材料はあまり持ってきていないから、よかったら少し材料を分けてもらえないかしら」

「あー、厨房《ちゅうぼう》にあるものなんでも使っていいってことでしゅ」

こんな風に、チビを介して白いあやかしたちに、材料を分けてもらう交渉をしていた、ちょうどその時だ。

「あの、ここはいったい……」

垂れ幕の向こう側から、ふらふらとよろめく銀次さんが出てきた。

まだ小さな子狐姿ではあるけれど、意識を取り戻したのだ。

「銀次さん！　目が覚めたのね！」

私は急いで駆け寄り、小さな狐をぎゅーっと抱きしめる。

だけど、後から彼が怪我を負っていることを意識して、抱きしめる腕の力を弱める。

「葵さん……っ、よかった。あなたが無事で、安心しました」

本当に、心から安堵《あんど》してくれたのだろう。銀次さんも耳を垂らして、九つの尾をわふわふと動かし、なんとなく私にその身を委ねた。

でも、まだ体がとても冷たいわ、銀次さん。

それに、人の姿になれないってことは、弱っている証拠でもある。

「銀次さん。今から私、ここでお菓子を作ることになったの。その時、銀次さんにも何かご飯を作るわ。出来上がったらそれを食べて。きっと元気になるから」

「それはとてもありがたいのですが……というか、なぜここでお菓子を？」

「実は、リコ茸のありかをこの白いあやかしたちが知っているみたい。私、手作りの甘いお菓子と物々交換で、ありかを教えてもらえることになったの」

「え⁉　本当ですか、それはよかった！　あ、あと、この白いあやかしたちは〝雪ん子〟と言います。北の地にしか存在しない、それはそれは珍しい少数民族です」

「雪ん子？　あら、可愛らしい名前のあやかしね」

「冬の王の使いとも呼ばれていて、こんなに小さいですが氷人族の中でも一際大きな霊力を持っており、雪と暮らすのが最も得意なあやかしとされています。ゆえにこんな山奥でも、生活ができるのですね。それに温厚なあやかしで、客人をもてなすのが好きだと聞いたことがありますよ。雪山で遭難した場合、〝雪ん子に助けられたら幸運で、氷狼に見つかったら最悪だ〟という言い伝えを聞いたことがありますね。あと、冬の王に出合ったのなら、幸運が舞い降りる、とも」

「……冬の王？」

　さっきからその名を聞くが、冬の王っていうのは何だろう。本当にいるのだろうか。

「古い伝承です。私もキヨ様に、話でしか聞いていないのですが。冬の王とは自然の猛威そのもので、解釈は様々だと。有名なものでいうと、それは巨人のようだとも言われていますね」

……巨人のよう？

ふと、あの雪原で見た巨大な影を思い出す。

ただそこに現れただけで、氷狼たちが退いた。あれはいったい、何だったのだろう。

「ねえ銀次さん、氷狼たちに襲われた後のこと、覚えてる？　大きな足音がして……」

「大きな足音？　すみません、あの時は必死で、記憶も曖昧《あいまい》で」

「……そう。そうよね」

あの巨大な影……私しか覚えてないんだ。

「ん？」

雪ん子たちがぽかんと口を開けて、やはりじっと私たちを見ている。

すっかり彼らのことを放置してしまっていた。

私たちはこの雪ん子たちに助けられて、とても幸運だったというのに。

「ねえ。〝アイスの大福〟って食べたことある？」

「んーんー？」

雪ん子たちは首を振る。よし、ならばこれでいこう。

「冷たくて甘い、でももちもちしたお菓子よ。ちょっと待っていてね」

そのまま台所に案内してもらい、必要な材料を探した。

なんというか、おままごとで使うような可愛らしい台所だ。

調理機器は一通り揃《そろ》っているが、どれもちょっと古くて小さめ。

しかし、しっかりと使い込まれ、手入れされてきたものばかりだ。

雪の壁を掘って作った棚を見てみると、調味料各種と、はちみつ、卵、乳製品があったので、これらをもらった。

チビを介して聞いてみたところ、裏に家畜小屋があるんですって。

だから卵もあるし、バターやチーズ、生クリームも自家製なんだとか。

それに牛乳を使った発酵食品を発見。

「これ、ヨーグルトだわ！　凄《すご》い！」

よし。これはアイスに使わせてもらおう。

「ドードー」

雪ん子たちが、手作りの油揚げや、お豆腐、じゃがいもや玉ねぎ、燻製肉なんかも色々と持ってきてくれた。

「狐しゃんに、どうぞーってことらしいでしゅ」

「油揚げ持ってくるあたり、この子たちわかってるわね……」

それと、たんぽを作る時に蒸したお米の余りも、使えそうならどうぞ、とのこと。これは普通のお米と、もち米を交ぜて蒸したものみたい。

銀次さんには……そうね。

蒸したお米もあることだし、油揚げたっぷりの〝チーズドリア〟がいいかもしれない！

「あの。私も何かできることはありますか、葵さん」

台所の出入り口で、子狐姿の銀次さんが顔を覗《のぞ》かせている。

耳をペタンとさせて、ちょっと情けない表情で。

「銀次さんは霊力が回復していないし、小さな狐姿のままよ。まだ万全じゃないでしょう？　囲炉裏のそばで、ゆっくりしていてちょうだい」

「そう……ですね。この姿では役立たずですし。ただ、何もしないでいると変なことばかり考えてしまうので」

「銀次さん」

私は銀次さんの側にしゃがみ、その愛らしい子狐の顔を覗く。

「何言ってるの銀次さん。あなたは身を挺《てい》して私を助けてくれたわ。今私がこうやって生きているのは、銀次さんのおかげ。だから今度は、私が銀次さんを助ける番よ」

「……葵さん」

銀次さんの気がかりはわかる。

お涼《りょう》がどこへ行ってしまったのか、春日《かすが》は今どのような容体なのか、カヤヤ湖の皆は大丈夫なのか……

「リコ茸のありかを教えてもらったら、お涼も捜しに行きましょう。その時には、私もちゃんと自分の作ったお料理を持って行くわ。お涼が弱っていても、すぐに回復できるように」

「……ええ。そうですね。それが最善でしょう」

「それに今はリコ茸よ！　リコ茸を手に入れるには、今ここで雪ん子たちに満足してもらえる冷たいお菓子を作らないとね」

チビがピョンと銀次さんの背中に飛び乗って「早く囲炉裏へゴーでしゅ、ここ寒いでしゅ」と。ある意味で、ナイスチビ。

さて。

まずは銀次さんのためのお料理は〝油揚げ入りのチーズドリア〟だ。

油揚げは油抜きをして切り、これは置いておく。

そして燻製肉や玉ねぎ、雪キノコも細かく切って、これはバターでしっかり炒《いた》めておく。炒めれば炒めるほど、旨《うま》みが滲《にじ》み出る食材だ。特に燻製肉から滲み出るお肉の脂の匂いったら。これ、岩豚のバラ肉を使っているわね。

その平鍋《ひらなべ》に直接小麦粉をふるい、弱火で混ぜ合わせながら牛乳を加え、とろみが出てくるまでゆっくり混ぜる。塩コショウで味を整え、ドリアに使うホワイトソースの完成だ。

焼き物の器を用意しバターを塗って、残り物の蒸したお米を敷き詰めた上からホワイトソースをかけて……と。その表面には、最初に切った油揚げをポンポンとのせていく。

さらにチーズを角切りでたくさん置いて、あとはもう、焼き窯《がま》で焼くだけ。

焼き窯を予熱している間に、デザートを作ろうと思う。

「さあて、こっちはこれでよし。次は、アイス大福よ」

これはアイスを白玉粉の生地で包んだ、現世でもよく見かけるお菓子でもある。

私、実はこれがとても大好き。

市販のものをおじいちゃんによく買ってもらっていたけれど、せっかくなので自分でも作ってみようと思って、色々と試したものでもあるのよね。

まずは白玉粉とお豆腐、はちみつを大きなボールで混ぜる。

これがアイスを包む、柔らかくてモチモチの皮になる。

「……ん？」

ちょうど、皮を引き延ばしていた時に、厨房を覗く雪ん子が一人いた。

あの子、最初から私を気遣ってくれていた子だ。雪ん子は見分けがつかないが、あの子のことはなんとなくわかる。仕草がちょっと特徴的で、私のことをよく見ている。

「ちょっと待っていてね。あと少しだから」

「……ミイ」

「ねえ、もしよかったら手伝ってくれない？　アイスを作るのに、あなたの力を借りたいの」

その雪ん子が、私の料理に興味を持っていそうだったから、手招きして呼んだ。

雪ん子はてけてけと側に駆け寄ってくる。やはりかわいい。

何だろう。少し……南の地の儀式で出会った、あの海坊主《うみぼうず》に似ている気がするな。

「ねえ、これ手作りのヨーグルトでしょう？　凄いわね、あなたたちこんなところでヨーグルトも作っているなんて」

「シャシャシャ！」

褒められたとわかっているのか、嬉《うれ》しそうな雪ん子。

冬を越える為に、たくさん蓄えられた食材が、ここにはたくさんある。使いすぎないよう、最低限のものだけをいただく。

「作ろうとしているのは、生クリーム入りのヨーグルトアイスよ。作り方は至って簡単なの。このヨーグルトに、生クリームとはちみつを混ぜて、と。ねえ、この器の中身、ちょこっと凍《こお》らせることできる？　カチンコチンじゃなくて、サクサクの雪程度でいいのだけれど」

「ムムム」

本来なら、これをいちいち冷蔵庫で冷やしては混ぜ、冷やしては混ぜを繰り返す。

以前、お涼の為に豆腐のアイスを作った時も、そのようにした。

しかしここには元気な雪ん子がいる為、お願いすると小さなおててをかざして冷やしてくれる。とてもありがたい。

半分凍ってサクサクになったヨーグルトをヘラで混ぜつつ、甘さを確かめる。

必要に応じて、はちみつを加える。

凍らせて、混ぜて、凍らせて、混ぜてを繰り返す。徐々になめらかなアイスクリームとなってくる。

このように雪ん子に手伝ってもらうとすぐに出来上がった。

生クリーム入りヨーグルトアイス。

「あ、チーズドリア、そろそろ焼かなくちゃ！」

頃合いを見て、チーズドリアを焼き始める。

その間に、作った皮を大きめの丸い器でくり貫《ぬ》いて、それでアイスを包む。

雪ん子にも手伝ってもらった。むしろ私より、ずっと綺麗《きれい》な丸いアイス大福を作っていらっしゃる……

なんだか丸くて白いところが、雪ん子たちにそっくりだ。チョコレートでもあれば、顔を描いたんだけれど。

そんなこんなで、焼き窯からも、チーズドリアの焼けるいい匂いが漂ってきた。

これこれ、このチーズがこんがり焼ける匂い……

うーん、さっきお鍋を食べたばかりな気がしていたが、またお腹が空《す》いてきたなあ。

このいい匂いにつられて、他の雪ん子たちも台所をチラチラと覗いている。

　でもこれは銀次さんのご飯ですから。

「雪ん子のみんなにはこっちよ。食後のデザート食べてくれる？」

「〜〜〜〜エイッ！」

「ユ、ユユユ」

　何か言いながら頷《うなず》く雪ん子たち。

　私は作ったばかりのアイス大福を、雪ん子たちが使っている氷の小皿に一つずつのせて、台所から板の間へと運んだ。

　だけど一つだけ、氷の器に入れて台所に残しておく。

　お涼に会った時にこれをすぐ食べてもらえるようにね。彼女も、こういった氷菓を食べると、元気になる雪女だ。

　焼き窯からチーズドリアを取り出し、真ん中に、新鮮な生卵をポンと落とす。これを崩しながら、絡めると、よりまろやかな味になる。

　まだ熱々のチーズドリアを持って、再び板の間へと戻る。

「ニューン」

「ニュニューン」

　ふふ。アイス大福、雪ん子たちも気に入ってくれたみたい。

　お餅《もち》をびよーんと伸ばしながら、お箸《はし》で食べているわ。本当に焼いたお餅を食べているみたいに。

ヨーグルト味でさっぱりしているけれど、生クリーム入りで物足りない感じもしない。アイスを包んでいるお豆腐とはちみつ入りのお餅も、柔らかくてよく伸びる。

銀次さんが囲炉裏のそばで寝ていたので、彼の前にはまだ熱々の、油揚げとチーズたっぷりのドリアを運んだ。

「銀次さん、これ食べて。きっと霊力を回復できるから」

「……葵さん。恐れ入ります」

銀次さんはふらふらと起き上がり、熱々ドリアに苦戦していた。

なので私が食べさせようと思い、匙《さじ》を持つ。

真ん中の卵を崩して、チーズと油揚げ、そして下のご飯を混ぜながらひと匙掬《すく》う。

こちらも面白いくらいチーズがよく伸びた。熱で半熟卵もトロトロ。ホワイトソースの食欲をそそる匂いに、私も思わずゴクリ……と。

そしてふーふーと息を吹きかけて冷ましてから、銀次さんの口元に持って行く。

一口をゆっくりと咀嚼《そしやく》し、飲み込んだ銀次さん。

徐々に食べる勢いが増していったので、体に取り込めば取り込むほど、霊力も漲《みなぎ》っているようだ。

「あ、戻った」

そして、いつもの銀次さんの姿にポンと戻る。

私と銀次さんはお互いに顔を見合わせ、ヘラッと苦笑い。

「すみません葵さん、わざわざ食べさせて頂いて。お恥ずかしい」

「なに言ってるの。こういう時はお互い様よ」

銀次さんはもう一人で食べられるということだったので、そのまま匙を渡した。

よかった。これで銀次さんはひとまずは安心かしら。

「はあ、温かい。いつもよく食べているはずの油揚げが、まさかドリアの具になるとは思いませんでした」

「油揚げって柔らかいけれど存在感があるし、意外とチーズとの相性もいいの。どう、銀次さん気に入ってくれた？」

「ええ、もちろん！　それに、ご飯とホワイトソースが合わさると優しい味になるのですね。食べたことがほとんど無い味なのに、なんだか、懐かしいような……」

なんて、いつも通りご飯の感想も交えつつ、私は私で、アイス大福を一つ食べてみた。

ヨーグルトアイスって、あっさりと軽いのが持ち味ではあるが、生クリームがとっても濃厚なので、酸味もマイルドになっていて食べやすい。

何よりアイスを包むお餅の面白い食感と食べ応《ごた》えのおかげで、満足感をアップさせることができる。

「そうだ……これ、いちごを加えても美味《おい》しいかも。いちご大福ならぬ、いちごのアイス大福。氷里城《ひょうりじょう》ではかまくらいちごを育てているし、見た目も可愛いはず！」

「葵さん、また良いアイディアが出てきたみたいですね」

「ええ！　これなら春日もキヨ様も、喜んでくれるかも！」

それが流行るかとか、北の地の名産品になるか、商業的に成功するか、とか。

そんなことは、今はどうでもいい。私はまず「春日にいちごで何か作ってあげてほしい」と言った、キヨ様の言葉を思い返していた。

あの時の約束はまだ果たされていない。

春日が無事に助かった後に、絶対に作ってみようと思う。

そしてそれが、私がこの地に最後に残していくアイディアかもしれないと思った。

食後のデザートを堪能し、後片付けをしながら、私は一つだけ残したアイス大福を時折確認する。

氷の器に入れているから大丈夫だとわかっているのに、溶けやしないかしらって。

「……お涼も、どこかでお腹を空かせているかしら」

それに、お涼がどこか寒い場所で、私たちの助けを待っているんじゃないかって思うと、そわそわしてしまう。

どうしよう。やはり今から、お涼を捜した方がいいのではないだろうか。

「葵さん、雪ん子たちが呼んでいます！」

「えっ」

銀次さんに呼ばれて、慌てて厨房《ちゅうぼう》を出た。

すると、アイス大福を作る時にお手伝いしてくれた雪ん子が、やはり知らない言語をわーわーと大声で語りながら、私の上掛けを引っ張り、外を指差す。

このかまくらに住んでいる雪ん子たちが、一斉に外に飛び出した。

私も銀次さんも、慌てて彼らの後を追い、外に出る。

さっきまで吹雪《ふぶ》いていたのに、雪はすっかり止んでいるみたいだ。

振り返ると、私たちのいたかまくらの全貌《ぜんぼう》が見えた。大きなドーム状のかまくらが、いくつか横並びに連なっている。大きいのだったり、小さいのだったりが。面白い造形だ。

雪ん子たちはどこからか三匹のトナカイに引かせたソリを持ってきた。

「お供え物を持って冬の王に会いに行く、って言ってるでしゅ〜」

「えっ、ほんと⁉」

肩に乗っていたチビが、雪ん子たちの訴える言葉を教えてくれた。

「我々も乗りましょう、葵さん！」

私と銀次さんはそれぞれの荷物を取りに行き、それを抱えたままソリに乗った。

特に大事な、お涼のためのアイス大福も、氷の蓋《ふた》をして風呂敷《ふろしき》にしっかり包んで抱えて持って行く。

雪ん子たちはトナカイに跨《また》がっていたり、私たちの座る座席の隙間に乗っていたり。

みんなしてついてくるみたい。

「シャンシャンシャン、シャンシャンシャンシャン」

そして彼らは、不思議な歌を歌いながら、トナカイを走らせ雪原を滑る。

どこまでもどこまでも。広く静かな、なんだか明るく見える雪原を。

そう、明るい。月明かりかしらと、私は空を見上げた。

「……わあ」

夜空を遮るものなど何もない。

周囲に明るい建造物もない。

静寂の、真冬の闇夜だからこそ、いっそう煌《きら》めく満天の星。

しかしただそれだけではない。

星が、見てわかるほどの色彩を帯びている。

赤い星、青い星、黄色の星……緑も紫もある。

なぜ？　どうしてあんなにも星が彩りを得ているのだろう。

それがあまりにも美しいものだから、私はしばらくその光景に目を奪われていた。

息をすれば苦しく寒い空気の中で、それゆえに、心が大きく揺さぶられ、深く刺さってしまう。そんな、痛いほどの感動がある。

「キヨ様が葵さんたちを連れてきたかった理由が、これでした。極光《きょっこう》が出た翌日の星空は、この一帯が、色とりどりの宝石を何千何万とちりばめたかのような、鮮やかな星空になるのです」

「素敵……これもまるでおとぎ話のようね」

「おとぎ話が息づく土地、ですからね」

銀次さんのこの言葉……同じようなことを、春日も言っていたな。

吐く息が、時にこの星空を隠す。

だけど私は、今後二度と見ることがないかもしれない、その貴重な一瞬を見逃さないよう、ひたすら上を向き続けていた。

特別赤い、大きな星が、強く瞬いている。

ドクンドクンと、心臓を打つ鼓動のよう。

まるで……大旦那《おおだんな》様の、瞳《ひとみ》の色のようだ。

「………」

その星を見ていたら、なぜか胸が締め付けられて、思わず胸元を握りしめた。

服の内側にある、あの黒曜石の鍵《かぎ》を握りしめていた。

自分でも分からない。どうしようもない思いがこみ上げてきて、私は……なぜか涙が溢《あふ》れてしまった。

「……葵……さん？」

「ご、ごめんなさい。銀次さん。あれ……どうして」

涙を慌てて袖《そで》で拭《ぬぐ》った。そもそも涙が凍《こお》ってしまいそうだもの。

「あの星が、大旦那様の瞳の色に似ていると……そう思っていましたか？」

「え？」

袖で頬を拭《ふ》いていた手の動きを止め、銀次さんに顔を向ける。

彼はどうしてそのことを……

銀次さんは軽く目を伏せていたが、やがてスウッと顔を上げて、同じ赤い星を見上げた。

「わかりますよ。私だって、そう思ったのですから」

「……銀次さん」

「葵さんは、大旦那様に、会いたいのですよね」

覚《さと》られてはいけない心を、見透かされている。

そんな気がして、私は思わず口元を手で押さえた。

それが意味することを、私自身がまだ、自覚してなくても。

「我慢しなくていいですよ。あなたは妖都《ようと》で、自分の役目は周りを助けることだと定め、それからは大旦那様の件を皆に委ねて、気持ちを前面に出すことはなかった。その心の内にある想《おも》いを、抑えつけて、抑えつけて……。でも、私の前では、隠さなくていいですよ」

私は銀次さんの、その言葉を告げる横顔を、ただただ見つめている。

月明かりと、鮮やかな星明かりに照らされ、彼は凛《りん》とした佇《たたず》まいでいる。

銀次さんには、わかっているのだ。

本当はとてもとても心配で、とてもとても、会いたいのだということ。

「葵さんの心は、すでに大旦那様に向いているのですね」

「そ……それは。私、分からない。分からないの。でも……」

これは初めての気持ち？

いや、これはずっと前に抱いたはずの、秘密の初恋と同じ。

「私、大旦那様に会いたい」

赤い星を見た時、思い出されたのは、私を隠世《かくりよ》に攫《さら》った大旦那様。

土蔵に閉じ込められた私を助け出してくれた大旦那様。魚屋の格好をしてまで私の下へ来てくれた大旦那様。夕《ゆう》がおで苦手なかぼちゃ料理を食べ、そして私に触れ、私の下から去っていった大旦那様……

あの背中が、忘れられない。あの時感じた不安を、忘れられない。

このまま、ずっとずっと会えなかったら？

怖い。大旦那様を失ってしまうことが。

「大丈夫ですよ。もうすぐ会えます。私が必ず、あなたたちをもう一度、繋《つな》いでみせる」

「銀次……さん？」

寒さと、こみ上げるぐしゃぐしゃな想いに震える私の背を、銀次さんが優しく撫《な》でてくれた。まるで、子どもでもあやすみたいに。

「……それまでは私が……あなたを守ります」

銀次さんの優しい言葉と、手から伝わるぬくもりだけが、今の私を安堵《あんど》させる。

その声音と微笑みは優しすぎるくらい。

銀次さんは今、何を思い、何を考えているのだろう。

雪原を越え、雪ん子たちのソリは森を進み、ある巨大な壁の前に止まる。

いや、壁ではない。これは……

「これ……木？」

それは、見上げるほど大きな樹木だった。

枝葉にキラキラと光る大きな氷の玉をぶら下げていて、それが色とりどりの星の光を集めて輝いている。

「まるで、クリスマスツリーだわ。時期的にもちょうどいいけれど」

「いや、これは……巨老樹《きょろうじゅ》様です。私も初めて見ます」

「巨老樹様？」

「隠世でも、それほどお目にかかれることのないあやかしです。数千年の月日を生きた老木が、特別な自然の摂理に導かれて、奇跡的に〝言葉〟と〝動く手足〟を得るという……」

その樹木、よくよく見ると、幹に、目と鼻と、口があるように見える。

気のせいではない。確かに人のような顔が象《かたど》られている。

「ウー……アー……」

低く響く大きなうめき声に思わず耳を塞《ふさ》いだ。

だけどこれ、聞き覚えがあるわ。

私たちが倒れた雪原で、巨大な影を見た、あの時……っ。

「テイテイ」

「テイテイテイテイ〜〜ッ！」

雪ん子たちが、巨老樹様の口にめがけて、あのアイス大福の残りを投げ込んでいた。

お供え物ということらしいが、どちらかというと玉入れみたい。むしゃむしゃと、巨老樹様のお口も動いている。

このアイス大福を食べ終わると、巨老樹様の唸《うな》り声も止んだ。

「⁉」

そしていきなり、その根がぼこぼこと土と雪を持ち上げる。驚いたことに、その大樹は根を足のように動かし、移動を始めたのだ。

ドスン……ドスン……と、大地を叩《たた》きつけながら。

もしかして、私が見た影はこの巨老樹様だったのかしら。体に伝わる振動に覚えがある。

「巨老樹様は、いったいどこへ行くのかしら」

「言い伝えによれば、巨老樹様は〝何かを探している〟らしいのです。それで、気の向くままにしばらく彷徨《さまよ》って、そして気がつけば、いつもの場所に戻っている、とか」

何かを探している、か。

雪ばかりのこの山奥で、ひたすら何かを求めて彷徨っているというのは、なんだか寂しく、切ない気がする。

巨老樹様の探し物は、いつか見つかるのだろうか。

「あっ！　葵さん葵さん！　あれ！」

巨老樹様を見送っていた私の肩を、銀次さんが揺さぶった。

振り返ると、先ほどまで巨老樹様がいた場所に、見覚えのあるひとの姿が。

「お涼⁉」

なんと、お涼がそこで腰をかがめて何かをしていた。

ていうか、お涼はあの巨老樹様の、根の隙間にいたの？

訳が分からないが、とりあえずお涼に駆け寄る。

「あら〜、葵と若旦那様の幽霊が見えるわ〜。二人とも吹雪で凍え死んじゃったのね。南無南無」

「死んでないけど」

自分がぽっくり逝ったとは思わず、見た相手を死んだと思えるその軽薄さと図太さ、まさしくお涼だ。

「お涼、心配せずとも元気そうね」

「もちろんよ葵。冬の王に会いに来ただけですもの」

「やはり……あの巨老樹様が冬の王なのですね」

「ええ、そうですわ若旦那様。この一帯に住むあやかしにとっては、あの巨老樹様が冬の王。昔っから、気ままにあちこち動くんだけど、空から見ればどこにいるかわかりますからね。冬の王が足を止めた場所には貴重な雪キノコが生えるのを思い出して、慌てて探したの。ほら、見てみなさいな」

彼女は白く発光する無数のキノコをたくさん抱えていた。

「これ、笠《かさ》が大きくて真ん中にぐるぐる模様があるわ」

「リコ茸《たけ》、ということでしょうか」

本当にそうであるのなら、まさに、冬の王の落とし子と言える。

「私、巨老樹様の語り相手になって、リコ茸が生えてくるのを待っていたのよ。巨老樹様はすぐどこかへ行きたがって、足を止めるのも大変なんだから。なかなか生えてこなかったんだけど、さっき突然、ポンポンと生えてきたのよね」

私たちはさっそく、そのリコ茸を荷袋に詰めた。

どれほどあればいいのかわからないので、とりあえずここにあるのは全部摘み取ってしまう。雪ん子たちも手伝ってくれた。

「〜〜〜ウルル〜〜〜リリー」

「あら、雪ん子なんて久々に見たわね。さては葵と若旦那様、雪ん子に助けられたのね？」

「ええ、そうなの。よくわかったわね」

「だってこいつらお人好《ひとよ》しだもの。そこらへんの雪女や雪男より、霊力も生活力も高いし。何より食べたらまずいのが最大の才能かしら。氷狼にも狙われないから」

「……食べたらまずいんだ、雪ん子」

こんな可愛い雪ん子たちを食べるなんてと、ぞっとした。

だけど、この辺りで何てことなく生活している理由も、わかった気がする。

落ち着いたところで、私はお涼用に持ってきていたアイス大福を彼女に渡し、食べてもらった。

「あの、お涼さん。リコ茸はどのようにして解毒剤にするのでしょう」

お涼は銀次さんの質問に、齧《かじ》ったアイス大福のお餅《もち》をむちーっと引き延ばしながら。

「んー……えーと確かこれを刻んで煎《せん》じて飲ませればいいんじゃなかったかしら。村長がそのようにしていた記憶がありますわねえ」

しかしここで、雪ん子たちがキーキーと鳴いて首を振る。

何か抗議したいみたいだ。

「え、なになに？　解毒剤として使うなら、一度冷凍して、それを粉々に砕いてから煎じろって？　そうすると効果覿面《てきめん》だって？　ああそうだった。一度凍らせないといけないんだった」

雪ん子たちの親切なアドバイスにより、正しい解毒剤の作り方を学ぶ。

何はともあれ、お涼と合流できて、リコ茸も手に入れることができて本当によかった。

冬の王よ、奇跡のような幸運をありがとう。

「さあ帰りましょう。春日が待っているわ」

第八話　次の舞台へ

雪ん子たちのソリに乗って、私たちはカヤヤ湖まで連れて行ってもらう。

着いたのは翌日の早朝だった。

「葵《あおい》さん、お涼《りょう》さん。どうやらレイレイ号のキョ様たちは、古城を奪還し空賊《くうぞく》の討伐に成功した模様です！」

「本当⁉ よかった〜」

「ええ。キョ様や乱丸《らんまる》も無事のようで」

一足先に、九尾の狐姿になって様子を見に行った銀次《ぎんじ》さんが、戻ってきて私たちにあちらの状況を報告してくれた。

万が一にも負けるなんてことはないと思っていたけれど、本当によかった。

カヤヤ湖を拝めるところまでやってくると、そこにはレイレイ号の他にもう一つ宙船《そらふね》が。

あれは空賊の宙船か。すでに氷里城《ひょうりじょう》の兵士たちによって制圧され、賊がお縄にかかっているのが見える。

レイレイ号の甲板には、私たちの帰りを待つキョ様と乱丸の姿が。

「よくぞお戻りで！　リコ茸は……っ」

「あります。ここに！」

私たちは採取したリコ茸の袋の口を開き、キヨ様に見せる。すでに凍《こお》らせたリコ茸が、やたらと大量に詰まっているのを。

「雪ん子たちに解毒剤の正しい作り方も学びました」

「そうですか。これで、これで春日《かすが》が……っ」

キヨ様が、ほっと安堵の顔を見せる。

しかしすぐに、キリッと真面目な顔つきになった。

あれ……キヨ様。

なんだか今までの儚《はかな》げな雰囲気と違い、随分と凛々《りり》しく逞《たくま》しくなられたような気がする。

一晩で、何かあったんだろうか。

隣で乱丸がニヤニヤしているのがなんか気になる……

「おい、安心するのはまだはえーだろ。さっさと医務室へ行けよ」

「わかってるわよ乱丸。……あのキヨ様、春日の容体は？」

「熱が凄《すご》く、不安定な状態です。急ぎましょう。レイレイ号も捕らえた空賊を連れ、間もなく氷里城へと向かいます」

ここまで連れてきてくれた雪ん子たちに、皆で感謝を込めて頭を下げた。

そして急いで船内に入る。それと同時に、レイレイ号は、やっと氷里城へと帰還するため、浮上したのが分かる。

医務室に急ぐと、我々の帰還をすでに察知していたイタキさんが、道具を揃えて待っていた。

「間に合ったようで。春日様はこちらです」

「春日……っ」

春日は寝台に横たわり、紫色の顔をして、息荒くぐったりしている。

小狸姿なのは変わらずだが、なんだか一回り小さくなったようにも見える。

「リコ茸は、一度凍らせることで、笠の部分に解毒の作用を持つ成分を生成するんですって。それを熱湯で煮出すといいって」

お涼が雪ん子たちに聞いた解毒剤の作り方を説明し、イタキさんがさっそく凍ったリコ茸を削り、それに熱湯を注ぐ。そしてしばらく待つ。

煮出したエキスがすでに解毒剤としての役割を持つみたいだ。

その間、私とお涼が春日の寝台に寄り添い、彼女に声をかけた。

「春日、もうすぐ楽になるわ。だからしっかりして」

「あんたは私が若女将《わかおかみ》に返り咲くのを、見届けないといけないのよ！」

励ます声が、彼女に聞こえているのか、いないのか。

春日はまだ目を閉じて、苦しみに耐えているだけ。

「できました。解毒剤です」

苦い臭いのする液体を小皿に注ぎ、冷めるのを待ってから、イタキさんが春日を抱えて少しずつ飲ませる。

ゆっくり、だけど確実に、春日はそれを飲み込んだ。苦いからか表情をいっそう歪《ゆが》めながら。

そして、大きく深呼吸したかと思うと、また弱々しく体をくてんとさせてしまう。

「だ、大丈夫なんですか？」

「はい。これでおそらく毒は中和されるはずです。あとはもう……体力と霊力の回復を待つのみかと」

キヨ様が、私たちの後ろで心配そうに春日の様子をうかがっている。

私とお涼が邪魔で、春日に近寄ることができなかったんじゃないだろうか。

「春日、春日、私たち頑張ったんだから、起きなさいよ！」

「お涼。もう行くわよ。あとは……春日が目を覚ますのを静かに待つしかないわ」

私はお涼を引っ張ってこの医務室を出て行く。

間際に、春日の側に向かうキヨ様の背中と、その横顔を見た。

とても心配そうに、しかし愛《いと》おしい思いも滲《にじ》ませて、横たわる茶色の狸を見つめている。

そして、そっと狸の頭を撫《な》でたあと、何かを決意するように、一人静かに拳《こぶし》を握りしめていたのだった。


「それにしても乱丸。賊の討伐はすぐに終わったみたいですね」

医務室の外の廊下で、銀次さんと乱丸が空賊討伐の全容について話をしていた。

「当たりめーだろ銀次。この宙船の戦闘能力は並みじゃねえ。そもそもこの俺がいるんだ。負けるはずもない」

「乱丸は、あの手の輩《やから》に容赦ないからなあ」

「しかしまあ、それほどあっさりという訳でもなかったがな。あの坊ちゃんもまだまだ生ぬるいところがあったし、俺に弱音を吐くこともあったしよ。だがこれを機に、俺様が八《はち》葉《よう》としての心構えを説き、ビシバシッと鍛え上げてやったわけだ」

どうやら空賊・可霧偉団《カムイだん》との戦いは、敵がキヨ様を撃ち損じたことにより、ほぼ勝敗は決していたということだ。

北の八葉にのみ扱うことができる、レイレイ号の〝氷熔《と》かし〟の特殊警報。

これが発動したことにより、敵はその力のほとんどを失ったからだ。

しかし古城に攻め込んだ際、追い詰められた可霧偉団との戦闘が長引き、こちらの兵にもかなりの負傷者が出たらしい。しかしそこで怯《ひる》まず、敵に背を見せることなく一人残らず捕らえるべきだと、乱丸がキヨ様を奮い立たせた。

南の地も荒れていた時代があり、乱丸がこの手の輩を相手にすることに慣れていたというのもあって、敵の行動を読んで逃げ道を塞《ふさ》いだのだとか。

「ま、今回はあの坊ちゃんにも、守らなければならないものが明確にあったからな。北の地のため、何よりあの狸娘のために戦い続ける覚悟は決まったんじゃないのか。一つも選択を間違えないことなどあり得ないが、できるだけ間違わないよう、信念を貫けばいい。そうすればいつか、この曇ってばかりの北の空にも、光は差し込む」

……光は差し込む、か。

なんとなく、南の地で最後に見た、雲間から海に差し込んでいた美しい陽光を思い出す。

乱丸にも、厄介な事情を抱える南の地を守り続ける上で、苦しい時期はあったのだろうから……

そうだ。もしかしたらキヨ様のことを、一番理解できるのは乱丸なのかもしれない。

キヨ様にとっても、乱丸は同じ八葉という立場の頼れる兄貴分だ。ちょっとガラは悪いけれど、相談相手としては最適なんじゃないかな。

「かっこいいこと言うじゃない、あんたも」

「あ？　おめえに褒められても一つも嬉《うれ》しかねーよ。つーかなんでおめえもあの狸娘も、俺に対して謎の上から目線なんだよ」

相変わらず可愛げはないし、イラつきやすいけれど。

「そもそも北の地はいい商売相手になりそうだからな。なんてったって、北と南では風土が違いすぎて、お互いの持ち味も、生み出されるものも違う。お互い田舎ってのは共通点だが、それ故に弱点を補い合うことはできる。仲良くしといて損はねえよ」

「そうですね。持ち味が被《かぶ》ってる方が商売敵になりやすいですもんね」

「そうそう。折尾屋《おりおや》と天神屋《てんじんや》みたいにな」

「え〜、折尾屋と天神屋、似てますか？　似てますかねえ〜」

「何が言いたいんだよ、銀次」

銀次さんと乱丸が、皮肉やら嫌みやらを言い合っている。

そういう姿も、なんだか安堵《あんど》する。二人が仲良く、当たり前のように接し合っているということだから。いがみ合っていた頃を思えばこそ。

「ああ、そうだ。おい料理バカ」

「いたっ」

乱丸がなぜか私の頭を軽く小突いた。

「お前があの狸娘に教えた意味不明な甘ったるい菓子があっただろう。あれ、余りがあったから食っちまったぞ。おかげで敵を蹴散《けち》らす際に役立った。あの坊ちゃんも残りを食って、気を引き締めて頭働かせたみたいだしな。坊ちゃんの策に俺が乗り、最後は敵の頭を俺が引っ捕らえた訳よ」

「へえ。そうなんだ！　役に立ったのなら持ってきた甲斐《かい》があったわね。まあキヨ様の場合、力になったのは私の料理っていうより、春日の真心や愛情だと思うけど」

そんなことを言ってみると、乱丸は「うへー」と、なんとも言えない変な表情をしていた。何よその顔。私は真面目に話しているというのに。

「皆様、春日様が目覚めました」

「!?」

その時、ちょうどイタキさんが医務室から出てきた。

春日の目覚めを知らせてくれたのだ。

私たちは急ぐ。春日が元気になった様子を、ちゃんと確かめたくて。

「…………」

だけど……

室内に飛び込んで、春日に何か声をかけようとしたのを踏みとどまる。

中には、いまだ狸姿でキョロキョロしている小さな春日を、ぎゅっと抱きしめて静かに涙を流すキヨ様の姿が。

「よかった。春日……よかった」

「キヨ？　どうしたの？　あたし……生きてるの？」

「生きているよ。みんなが春日を、そして僕を助けてくれたんだ。僕は今、冬の王に感謝している……っ」

「……キョ？」

春日は、何がなんだか分かっていないみたいだ。

だけど、キョ様がこの一晩抱え続けた思いを悟り、その小さな体でしっかりと受け止めている。キョ様も、もう心の内を隠そうとはしていなかった。

「今まで、僕はずっと一人で戦い続けなければならないと思っていた。でも違うんだ。本音で語ることができれば、手を差し伸べてくれるひとはいる」

「…………」

「それは、春日が教えてくれたことだ。春日がいなければ、僕がずっと気がつけなかったことだ。でも、君がいなくなるかもしれないなんて恐ろしい思いをするのは、もうまっぴらだ……っ」

泣きながら本音を吐き出すキョ様に頬を寄せ、彼越しに私たちの姿を見てから、春日は小さく頷《うなず》いた。

敏《さと》い春日のことだ。状況やことの流れは、なんとなく察したのだろう。

「そっか。みんなであたしとキョを助けてくれたんだね。ありがとう。もう大丈夫だよ。キョも、もう泣かないで。いや、もっと泣いたほうがいいのかな。全部全部、吐き出したほうがいいのかも」

彼女はボフンと日頃の女の子の姿に戻る。

そして、やはり涙の止まらないキヨ様の頭を抱きしめ、愛情深い微笑みをたたえいる。

「ねえ……キヨ、覚えてる？　現世《うつしよ》に東京タワーを見に行った時、キヨはこの北の地を、現世みたいに活気溢《あふ》れる町にしたいって言ってたよね。でも、北の地らしさを決して忘れない、氷人族《ひょうじんぞく》が誇りに思えるような土地にしたいって……」

「覚えているよ。ティラミスを食べながら、僕はいくつかの夢を君に語った」

春日はクスッと笑って、頷く。

そして、まるで子どもに読み聞かせるおとぎ話のようにゆっくりと語り聞かせる。

「あの時、あたしは決めたんだ。キヨの夢を叶《かな》える手伝いをすること。キヨの理想を、その隣で追い求めること。それが、あたしの夢だから」

「…………」

「ずっと待ってた。大人たちに引き離されて、天神屋で働くことになってからも、どこかでキヨが夢の国を思い描き、それを実現しようと立ち上がる日を。……だから、あたしは〝その日〟が来た時、天神屋を去る寂しさ以上に、とても嬉しかったんだ」

それは、春日がキヨ様に、ずっと伝えたかった想いばかりだ。

「だからね、キヨ、一緒にこれからも、頑張ろう」

「………うん。ありがとう……っ、春日」

やがて、お互いにしか聞き取れないほどの囁《ささや》き声で、彼らは言葉を交わし続けていた。

その様子がなんだか、温かくて、微笑ましくて。

ある意味で、とても羨《うらや》ましく思えて。

お互いに心の内を吐き出すことで、凍《い》てついたものが溶けていき、気持ちが通じ合ったのだ。

「……春日、よかったね」

誰にも聞こえないほどの小声で囁いた。

私はもう、この場に自分たちがいるのはおかしい気がして、みんなを押しながら部屋から出た。

「ったく、春日ったら。こちとら春日のために雪山で頑張ったってのに。目覚めて早々、男といちゃついて……」

「お涼ったら嫉妬《しっと》がましいこと言ってると、しわが増えるわよ。それでなくても、私たちボロボロなんだから」

「ちょっと葵、それどういうこと？　そんなことというならお肌つやつやになる料理でも作ってよね」

「お肌ツヤツヤか～。コラーゲンたっぷりのお料理ってこと？　考えとくわ」

最終的にお料理の話に収束する私たちの会話。

これも相変わらずというか、元気にここへ戻ってきた証拠でもある。

「雨降って地固まるってやつでしょうかね。私もまたお腹が空《す》いてきました」

「俺も腹減ったなー。ここに来てから、ゆっくり食事もできてねえし」

「もうすぐ氷里城に着くみたいだから、折尾屋の船に戻ったら何か作るわ。リクエストあったら言ってちょうだい」

「私、エビマヨ丼食べたーい」

「私は久々に和風オムライス食べたいですね」

「俺、普通にステーキで。レアで」

「ちょっと、なんでみんなバラエティ豊かな注文つけてくるわけ？　折尾屋の船に材料あったりなかったりよ……」

あるもの寄せ集めて、できるだけ注文に近いものならできるかな。

帰ったら、双子にも手伝ってもらいましょう。きっと私たちの帰りを待ちわびているでしょうから。

春日にも、滋養のつく鶏《とり》と卵の雑炊でも作ってあげないと。

鶏肉が食べたいって言っていたから、お涼がこちらに来た時、実はこっそり天神屋から食火鶏《ひくいどり》とその卵を取り寄せていたのよね。

食べて、元気になってもらって、またあの太陽みたいな笑顔を見たい。


さて。この騒動から数日が経った。

毒の玉に撃たれた春日は、解毒が済んだとはいえまだ横腹の傷が残っているので、しばらく安静にしていなければならない。

しかし怪我は順調に回復しており、もう心配はないみたいだ。私も日々、彼女のご飯を作り、回復を手伝った。

また、キヨ様は氷里城に戻ってからというもの、空賊に情報を流し、今回の奇襲を仕掛けた黒幕を速やかに探し出した。

捕らえた空賊・可霧偉団から情報を集め、証拠を彼らの宙船より押収。

犯人は、キヨ様から見れば叔父《おじ》と叔母《おば》にあたる、旧王族の親族であった。

キヨ様暗殺の計画が失敗し、叔父と叔母が妖都《ようと》に夜逃げしようとしていたところを、キヨ様の乗った宙船が土地の境界線で待ち伏せし、捕らえたとのこと。

権力者たちがかつて躍起になった跡目争いが、いまだ延長戦を行っているようなものというのは聞いていたけれど……まだまだ闇は深く、敵は多いらしい。

いや。

実際にはさらに黒幕、妖都の連中がこの件に絡んでいたのではということだが、それを決定づける証拠は残っていなかったのだとか。

「ええ、もちろん、今回春日に手を出した輩《やから》は、一人残らず捕らえて厳しく罰します。それが今後の、北の地の為にもなりますので。たとえその向こう側に、妖都の貴族たちがいようとも、僕はもう、逃げたりしません」

爽《さわ》やかに、しかし力強くそう言い切ったキヨ様。

以前までの儚《はかな》さはなく、逞《たくま》しくも末恐ろしい城主様を予感させた。

乱丸の影響もあるかもしれないが、守りたいものがはっきりとして、敵と向き合い、戦う覚悟もできたのだろう。

そして、氷里城は天神屋と折尾屋とも正式に協定を結び、北、南、そして北東の三つの地は、今後しばらく豪華宙船による周遊船旅行事業を進めることとなる。

その一方で、天神屋はあと五日と迫った、年始に行われる〝八葉夜行会〟の味方を、また一人手に入れたのである。

キヨ様は、八葉として持つその金印の権限を、今回は私たち天神屋の為に使ってくださるとのことだ。

一方私は、政治や商売の取引、今後の調整をしているみんなと同じようなことはできないけれど、疲れた彼らを癒《いや》すことならできると思っている。

やはり折尾屋の船で、双子とともに新たな料理の開発をしていた。

それは昨日の夜、久々に星華丸《せいかまる》に呼び出され、夜《よ》ダカ号《ごう》を使ってつけ麺《めん》屋台を出した時に思いついたものだ。

後々北の地を周遊する豪華宙船の屋台で出せたら体が温まるんじゃないかって。

材料はこの地にあった卵と小麦粉の麺、そして質の良いバター。

また岩豚《いわぶた》の豚骨と、岩豚肉で作ったしっとりチャーシュー。

おともに食火鶏の温泉卵で作った煮卵と、折尾屋が南の地の特産品として新しく売り出したい糖度の高いスイートコーンを添えて……

ここまでいうと、何のお料理か想像できるかしら。

各地の名物を使った、マイルドで濃厚な味噌《みそ》ラーメンだ。

ここに炒《いた》めた野菜をたっぷりのせると、さらに美味《おい》しい。

「隠世《かくりよ》でもラーメンはそれなりに食べられているけれど、基本的には醤油《しょうゆ》ラーメンなのよね。北の地のバターを添えた豚骨味噌ラーメンは、きっと珍しく、美味しく食べてもらえると思うわ。これ、北の地を周遊する宙船の屋台で出したらいいと思うのよね〜。さむーいけど美しい空の下、これ以上なく食べたくなる夜食だわ」

出来上がった試作品を前に、手応《てごた》えを感じる私。

私はラーメンを極めた料理人ではないので、最終的にはラーメン職人にお任せしたいと思っている、今回も双子に協力してもらい、試作品を用意した形だ。

「夕《ゆう》がおは本格的に屋台事業に乗り出すかー」

「なら僕らは海鮮ちゃんぽんでも作るかー」

「ああ、ちゃんぽん。それも美味しそうね」

双子は双子で、なかなか良い案を出す。南の地の豊富な海鮮や野菜があれば、海鮮ちゃんぽんは美味しいのができるでしょうね。

とはいえ、今は夜ご飯の時間なのもあって、ラーメンだけでは物足りないかもと、双子と一緒に豚肉のひき肉と小エビとニラ入りの餃子《ギョーザ》を大量に準備した。

「やっぱりラーメンには、餃子のお供がなくてはね。

これらを食堂ではなく宙船の甲板にテーブルを並べ、夜ダカ号を屋台仕様にして皆に振舞ってみようという試みだ。周遊用でも使う妖火《ようか》で甲板を囲っているので、実際ここは極寒というほどではないが、室内ほど暖かいわけでもない。

そろそろ北の地の寒さに慣れてきたであろう折尾屋のあやかしたちが、この寒空の下ラーメンを喜んでくれるかどうか……

「皆々しゃま〜夕ご飯でしゅ〜」

夜ダカ号のカウンターで一人遊びをしていたチビが、ご飯の合図に使う大きな鈴を、全身を使って振って鳴らす。

まず真っ先に夜ダカ号の暖簾《のれん》をくぐったのはお涼だ。

お涼は今日まで、ここで春日の世話を手伝うよう天神屋側から言われていたのだった。

でも、今夜の遅くには天神屋に戻る。

「はあ〜。このラーメン食べて、ちょーっと春日の顔でも見たら、もう天神屋に戻らないといけないのよね。短い帰省だったわ〜」

「天神屋に戻れるのは羨ましいけれどね。私はまだしばらく戻れそうにないし」

「あんたいつの間に天神屋が好きになったの？　おかしな子。私は働きたくなーい。でも働かないと食べていけない」

「そんなに言うなら、いっそ氷里城にでも就職したら。春日の侍女とか」

「あ、それいいかも」

しかし彼女は大切な事を思いだしたのか、大きなため息をつく。

「でもダメよ。私、春日にまた若女将《わかおかみ》になる〜みたいなこと言っちゃったし」

「そうよ。それしっかり覚えておかないと。春日はあんたが若女将に返り咲くのを、ずっと待っているんだから」

「それあんたが言う〜？」

お涼があれこれ愚痴りながらラーメンをすすっていると、わらわらと折尾屋の船員たちが甲板に集まった。

彼らに、流れ作業のごとく豚骨味噌ラーメンと餃子を振舞うと、皆でわいわい、お酒なんかを持ち寄って、楽しそうに甲板でラーメン宴会を始めた。

そこに、ちょうど話し合いを終えた銀次さんや乱丸もやってくる。

「あー、腹減った。しかしなんでこんなクソ寒い中、外で飯を食わないといけないのか」

「北の地を周遊する際、ここから様々なものを見学するのですから。妖火で囲った甲板の寒さを調査する必要はありますよ、乱丸」

「ま、確かにそうだがな。ああ、今日はラーメンか。悪くないな」

「味噌とバターの混ざり合う、なんとも言えない、良い匂いです」

「双子が美味しい豚骨スープを作ってくれたから、結構な自信作よ。スープまで美味しいけど、飲みすぎたら塩分とカロリーの摂《と》りすぎになるから気をつけてね」

なぜ注意したかというと、先に食べているお涼がスープまで全て飲み干してしまっているから……

まあ、気持ちはわかるけれどね。

「俺、普通の白飯も追加で」

「乱丸ってば、ラーメンをおかずにご飯も食べるの？　炭水化物に炭水化物で、一番太るやつよ。まあ、用意してるけど」

「日々忙しく体を動かし鍛えている俺が太る訳ないだろ。餃子もあったら白飯もいる。当然の組み合わせだ。用意があるならちゃかちゃか出せよ、炊事当番」

「……たく、偉そうねえ。まあ、言わんとしていることはわからなくもないけど」

白飯があったら絶対に美味しいセットだからねえ。

乱丸が、当たり前のように私の料理を食べてくれるようになったのは、ちょっと前までの事を思うと進歩かもしれない。

まあ、折尾屋の双子も一緒に作っているからかもしれないけど。

「銀次さんも白飯いる？」

「……いえ。私はメンマ多めで」

なぜか少し照れつつメンマ多めの要求をする銀次さん。お酒でも飲むつもりかしら。

まあ、銀次さんのお願いなら聞いてやらないこともない。

お仕事お疲れさま。ラーメンと餃子のセット、お待ち。

「私、そろそろ春日に出前を持って行くわ」

「じゃあ私もついていくわー」

というわけで、私はまるでラーメン屋の出前のごとく、出前箱にラーメンと餃子のセットを詰め込み、あるものをお涼に持たせて、共に氷里城の春日の部屋に運んだのだった。

春日は自室の寝台で本を読みながら、大人しく養生しているようだった。

「怪我の具合はどう？」

「うん、大丈夫。葵ちゃんのお料理のおかげで治りが早いんだって。完治にはまだ時間がかかりそうだけど」

春日はニッと、歯を見せて笑う。そんな春日の頬を、お涼がグイグイと引っ張っていた。

この笑顔がまた見られるようになってよかった。

「ラーメン、ラーメン」

「春日、ラーメン好きだったっけ？」

「うん。醤油のラーメンしか食べたことないけど。そろそろこってりしたものが食べたいなーって思ってたとこ」

「でしょうね。ここ数日あっさり料理ばかりだったから」

まあ、それを作っていたのは私なのだけれど。

「でも味噌ラーメンは野菜たっぷりのラーメンだからね。こってりしているけれど、一方で色々な栄養もとれるわ」

「餃子もなかなかいけるわよ～」

どれもこれも、普通盛りより少なめではあるが……

その代わりと言ってはなんだが、実はかまくらいちごを丸ごと使った、アイス大福を持ってきている。

これはキヨ様との約束でもある、春日のために作ったいちごのデザートだった。

お涼が抱えていた氷の器に、それが三つ並んでいる。

春日がラーメンと餃子の定食を食べ終わったら、みんなで食べようと思って。

「わああ、なにこれ面白い！　丸ごといちごが刺さってる」

用意していた氷の平皿、そして黒文字を使って、いちごの果肉と一緒に口へ運ぶ春日が、口の中でとろける甘酸っぱさに、腕を振って悶絶中《もんぜつ》。

ぱっちりした目もキラキラしている。

「本当はいちごも包んでしまいたかったんだけど、大粒なものだから上に刺しちゃった。でもいちごが雪に埋もれているみたいでかわいいでしょう？」

「うん！　いちご大福って隠世にもあるけれど、だいたい包み込んでいるし、中身がアイスでいちごが飛び出しているのは見たことないかも」

「……ゴホン。言っておくけれど、いちおう、現世では最近よく見る形状なのよ。いちごを見せているパターンのいちご大福」

そう。断じて私が豪快なわけではない、と思う。

包んだアイスは、雪ん子たちに作ったヨーグルト味とは違って、生クリームを泡立てて混ぜた濃厚なミルク風味のみが際立つアイスクリーム。だからこそ、いちごの甘酸っぱさをより引き立てる。

お涼なんて、まるで饅頭《まんじゅう》かのように手づかみで食べている。

お涼が持っているとアイスも溶けないんでしょうね……。

「こうやって三人で揃《そろ》っていると、夕がおでご飯食べてた時のことを思い出すね」

「……そうね」

私がまだ、夕がおをやり始めた時、春日とお涼はふらっと夕がおにやってきて、日々のご飯を食べてくれていた。

彼女たちに料理を振舞うことで、気がついたことも多かった。

つい最近のことだったのに、もう思い出話になってしまっているのが、少し寂しい。

「春日、あんた天神屋に戻るとかなんとか言っていたけれど、あれは結局どうなったのよ」

お涼がさりげなく尋ねた。春日は苦笑いしながら、

「そのこと、キヨとも話し合ったんだけどね。あたし、やっぱり天神屋には戻らない。ここでキヨを支えながら、あたしにしかできないことを探すよ」

「……そう」

春日ならそうするだろうとは思っていた。

お涼が少し残念そうにしていたけれど、こうなることは彼女にも分かっていただろう。

「ま、出戻りなんてみっともない真似、しなくて結構よ。あんたはお客として、天神屋にお金を落としなさい」

「はーい、お涼様」

それでもやっぱり、春日はお涼を、お涼様と言う。

でも、二人の関係はそれでいいのだと思う。春日にとってお涼は一生お涼様で、お涼にとっても、春日はずっと、自分の育てたかわいい部下なのだ。

「そうそう、いいこと教えてあげるわ、春日。このいちご、キヨ様が摘んできたものよ」

「えっ、ほんと⁉」

「いちごを使ったお菓子は、元々キヨ様からの要望でもあったの。北の地が押し出したい名産品にしたいのもあるけれど、何より春日がいちご好きだからって」

「……ふふ、うふふふ」

ちょっと、いやかなり嬉《うれ》しそうな春日。

乙女チックなニヤけ顔にはいちごが似合う。やっぱりキヨ様が好きなのねえ……

本当は、キヨ様に直接このいちごのアイス大福を作っていただけたらと思ったのだが、今キヨ様がやるべきことは多く、考えを改めた。

春日の為にも、北の地の為にも、キヨ様は乱丸や銀次さんと共に、夜行会やその後の調整をしなければならない。

こういう時だからこそ、彼らの思いを繋《つな》ぐ料理を作るのが、今の私の役割だ。

春日はそれを十分に理解している。愛《いと》おしそうに、いちごのアイス大福を頬張りながら、頑張るキヨ様のことを考えているのだろう。

「北の地はたくさんの美味《おい》しいもので溢《あふ》れていたわ。こんなにいいものがあるんだから、かまくらいちごのお菓子はもちろん、ティラミスも！　隠世のあやかしたちに発信してね、春日」

土鍋《どなべ》のチーズフォンデュ、升ティラミス、双子考案の雪国野菜のサラダ、そしてかまくらいちごのアイス大福……ここで作ったこれらの企画書を銀次さんがまとめ、今日北の地のキヨ様に提出したばかりだ。春日もそれを知っている。

「うん。あたしが元気になったら、葵ちゃんたちのアイディアを継いで、隠世のあやかしたちにたくさん名産物を食べてもらえるよう、あちこちに掛け合って全力で励むよ。町おこしの策はいくつかあるんだ。こういうの、キヨよりあたしの方が絶対得意だと思うんだよね」

「ま、死なない程度に頑張りなさい、春日」

「はーいお涼様」

私たちの残したものが、北の地でどう展開され、隠世のあやかしたちに知られていくのかは分からない。成功するかどうかも分からない。それはまだ見ぬ、未来の話。

でも、今の春日とキョ様なら、大丈夫だと思う。

私たちが考えた以上の事を、やってのけるだろう。

だって春日はもう、吹っ切れたような清々《すがすが》しい笑顔だもの。

「葵ちゃん、お涼様、色々ありがとう。あたし頑張るよ。みんなのおかげで、あたしもキヨも、心の内を吐き出して、ちゃんと向き合えた。これからはあたしとキヨが、天神屋を助ける番だよ」

「……春日」

そして春日は、私を見上げる。

「ねえ、葵ちゃん。葵ちゃんも、大旦那《おおだんな》様に早く会えるといいね」

「…………」

その言葉で、わかった。

春日は……春日もお見通しだ。私の心の内側の葛藤《かっとう》も、焦燥も。

私の中にすでにある想いを。

思わず顔をクシャッと歪《ゆが》めて、春日に手を伸ばしてゆっくりと抱きしめる。

春日はそんな私を包み込むようにして、頭を撫《な》でてくれた。

「大丈夫。敵は多いけれど、味方も揃い始めているよ。葵ちゃんは、ただ自分にとって一番大切なものを見失わないでいればいい。あとはもう、自分の心に素直になるだけだもん」

「うん。わかってるわ……ありがとう、春日」

誰にも気づかれることなく静かに乱れていた心を、春日の言葉によって整えてもらった気がする。

それと同時に、春日がこんなことを言った意味を考える。

大旦那様を取り戻すための、最後の戦いが始まろうとしているのだ。


氷里城の外に出ると、真夜中なのに空が眩《まぶ》しく、思わず目を瞑《つぶ》ってしまう。

お涼も袖《そで》で顔を隠すほど。

「やーっ、もうなによ。眩しいったらないわね！」

「ねえ……あれ」

氷里城の上空に、眩《まばゆ》い柿色の妖火を従えた巨大な宙船が浮かんでいる。

それがあまりに立派な宙船だったので、思わず立ち止まって空を見上げた。

見覚えのないマークが、帆と船体に描かれている。

「どこの船かしら」

「ああ、あれは文門狸《ぶんもんたぬき》の紋よ。ここに使者でも来たんでしょ、春日の件もあるし」

「ああ、なるほど」

お涼の言う通り、その船はどうやら北西の地、文門狸の船のようだった。

それはゆっくりと下降し、この氷里城の停泊場で停止する。

あ、キヨ様とレサクさんがお出迎えをしている。

邪魔にならないようにと、急ぎ足で停泊場の歩道を横断し折尾屋の宙船に戻ろうとしていたのだが、一瞬、背後より漂ってきた、覚えのある甘い匂いに足を止め、振り返る。

「ようこそ、お越しくださいました。黄金童子《おうごんどうじ》様。そして、右大臣家康《いえやす》公」

キヨ様の声が、冬の夜の冷たい風に乗ってここまで届く。

空気をゆっくり吸い込み、吐く。

白い吐息の消える頃には、金の髪をした座敷童《ざしきわらし》を、視界の向こう側で捉《とら》える。

「……黄金童子」

なぜ、あの人がここにいるの。

あの小さな座敷童の、眩い金色の光に、吸い込まれてしまいそうだ。

目をそらしてはならぬと命じられているかのような存在感は、以前と全く変わらない。

黄金童子は、その手に天狗《てんぐ》のうちわを持っていた。

そして、私の姿をその目で捉えると、クスッと笑って口元を隠す。

彼女の隣には、立派な裃《かみしも》を纏《まと》う丸顔で大柄の男が一人。

やがて、外の異変に気がついた銀次さんと乱丸も出てきて、私たちと合流。

彼らは黄金童子がここへ来ることを、知らなかったみたいだ。

「久々に顔を見る面子《メンツ》ばかりだな。しかし皆揃《そろ》いも揃って、化かされたような阿呆面《あほづら》をしておる」

黄金童子は宙船を降りながら、こちらに視線を向けて目を細めた。

「かっかっか！　黄金童子様の眩い光を前にすれば無理もなきこと。おお、婿殿、前にも増して精悍《せいかん》な顔立ちになられた。此度《こたび》は春日の命を救っていただき誠に感謝する」

その隣にいた狸面の男が、キヨ様の手をとり、愛想の良い笑顔を浮かべてペコペコしている。

あの腰の低い男の人が、もしや隠世の右大臣？　春日の父親の……

「家康公、春日の命を救ったのは僕ではありません。そちらの天神屋の葵さんとお涼さん、そして若旦那の銀次さんです」

「おお！　天神屋の諸君！」

今度は私たちの下へとやってきて、それぞれ手を取り愛想よく挨拶《あいさつ》をする。

「よくぞ、よくぞ！　よくぞ我が娘春日を救ってくださった。いやはや、春日が毒の玉に撃たれたと連絡があった時は、生きた心地がしなかったがね。さすがは天神屋の鬼嫁と、若女将《わかおかみ》殿、そして若旦那殿だ」

私はなんと答えてよいかわからなかったが、ここで怖いもの知らずのお涼が、

「嫌ですわ、右大臣様。私はもう若女将ではありませんことよ」

あっさりと訂正。しかし右大臣は、丸顔に乗っかる黒目をパチパチと瞬《しばた》かせる。

「おや？ 先ほど情報を得たところだったのだがね。天神屋は、お涼さんを次期若女将に決定したと」

「……え？」

我々一同、きょとん。

「北の地での功績を評価し、天神屋の白夜《びゃくや》殿、そして女将のお市《いち》殿、現若女将の菊乃《きくの》殿が話し合って決定したとのことだよ。お涼さん、あなたの了承を得てからだろうが、来年の営業より若女将の権限はあなたに移る、と」

「…………」

「やや、これはすまない。もしや、まだ知らせが来ていなかったのかね。文門狸は情報を得るのが早いから、ついつい」

かっかと笑いながら、後頭部を撫でている家康公。

おっしゃる通り、そんな知らせを初めて聞いた私たちは、ワンテンポ遅れて、

「えええええええええっ!!??」

こんな場所で、右大臣様や黄金童子を前に、大声をあげて驚いてしまう。

特にお涼、驚きの顔のまま固まってしまっている。氷みたいにカチンコチン。さすがは雪女といったところだ。

春日の前で、もう一度若女将に返り咲くと宣言し、誰より頑張ったお涼。

その成果が評価されたのだとしたら私は嬉しいが、お涼はそのようなことになるとは微《み》塵《じん》も思ってなかったみたい。

いつもなら、この成果を大旦那様にお口添えを～とか言っているくせに、今は少し複雑な顔をしているので、この後お涼は天神屋の幹部たちに説明を求めそうね。

「話は変わるが、若旦那殿」

「はい」

隠世の右大臣に名指しされ、銀次さんは背筋を伸ばした。

さっきまで私たちと一緒に驚いていたのに、もうすっかり天神屋の若旦那の顔つきだ。

「書簡は千《ち》秋《あき》より受け取った。今後のことなのだが、妖都の動きも含めて折尾屋の旦那頭《だんながしら》殿、そして氷里城の若城主殿と同じ席に着き、話し合いに参加していただきたい」

「承知いたしました」

「そして、天神屋の鬼嫁……いや、津《つ》場《ば》木《き》葵殿」

「は、はい」

家康公の空気がすっと変わる。

笑顔はそのままだが、どっしりとした威圧感が加わり、こんなに寒くともじわりと汗が滲《にじ》む。

これが、妖都の右大臣の纏う、本来の空気。

「葵殿。我々文門狸は、あなたを文門《ぶんもん》の地《ち》に招きたいと考えている。来たる夜行会に向けて、準備していただきたいこともあるのだ。そして、天神屋の大旦那について、知らせたいことも。……黄金童子様は、あなたをここまで、迎えに来られたのだよ」

家康公は、頭を下げながら振り返った。

眩い金の光が私の足元まで伸びて、その先にはやはり、黄金童子がいる。

彼女は深みのある金の瞳《ひとみ》で私を見据え、

「さあ、おいで津場木葵」

その白い手をこちらへ伸ばす。

「鬼神の真実を求めるというのなら、私が一つの答えをお前にくれてやろう。それを知る覚悟があるのなら、この手を取るがいい」

繊細で、透き通っていながら、恐れすら感じられる声音。

無意識に手を伸ばし、しかしはっとして引っ込め、思わず一度銀次さんを見た。

どうしていいのか、あの手をとっていいのか、わからなくて。

銀次さんは何か言いかけたが、ゆっくりと口を噤《つぐ》むと、優しげに微笑み、頷《うなず》く。

この瞬間が、とても切なく感じられた。

その時の銀次さんの気持ちは、私にはわからない。でも……

「葵さん、次に会うのは、きっと夜行会……妖都でしょう」

「銀次さん」

「全てが終わったら、また一緒に夕がおを開きましょう。私は、葵さんがあの場所で、あなたのお料理でお客様をおもてなしする日を、心から楽しみにしていますよ」

その言葉が、私の背を押してくれる。銀次さんのぬくもりを感じられた、この背を。

私は確かに頷いて、お涼に出前箱を任せて、氷里城の高い場所から氷の窓越しに私たちを見ている春日を見上げ……

そして、黄金の道を歩む。

私よりずっと幼く見えるのに、天神屋にとってあまりに偉大な、黄金童子に向かって。

「教えて。大旦那様のことを。お願いします」

「……よいだろう。私はお前がそれを受け入れられるかどうかを、ずっと見極めていたんだよ、葵」

私は黄金童子と共に、文門狸の紋の入った宙船に乗り込んだ。
大旦那様のことが知りたい。大旦那様に、会いたい。
その願いが、何に繋《つな》がっていようとも。
真実を知ることで、私は揺れ続けていた自分の心にも、決着をつけたいと思う。

終幕　黄金童子と大旦那

暗闇の淀《よど》みの中で、その意識は目覚めを得る。

僕は……

僕は、誰だ。


「目覚めたみたいだね、刹《せつ》」

「……黄金童子《おうごんどうじ》様」

刹。

久しぶりに、その名を呼ばれた気がする。

天神屋《てんじんや》の大旦那と呼ばれてばかりの、僕の本当の名。

それを知るのは、僕を深い地底より目覚めさせた、金髪で紫色の瞳を持つ座敷童《ざしきわらし》……

黄金童子様だけだった。

「お前が妖王《ようおう》に囚《とら》われたと聞いた時は、何を馬鹿なと思ったけれど……いったい何を考えている、刹。お前ならば簡単に逃げられたであろう」

黄金童子様は無表情だったが、らしくない心配をしている。

僕が天神屋の大旦那として振舞う時は、試すような意地悪ばかりしていたのに。

「ふふ。買いかぶりですよ黄金童子様。でも、僕がいなくなるという危機が、天神屋にあってもいいのかもしれないとは、思いましたがね」

「お前、天神屋の者たちに何を期待している」

「期待？　いえ、信じているのですよ。彼らは僕がいなくとも、天神屋を守っていけるだろうとね」

「……まさかとは思うが、このまま〝大旦那〟を降りる気か？」

黄金童子様のその言葉には答えず、僕は寝床から起き上がり、自らの姿を確かめた。

一度本当の姿を暴かれたが、今では普段通りの姿となっている。

心臓は……正常の鼓動を奏でている。

「黄金童子様が、僕を元の姿に？」

「ああ。無理やり化けの皮を剝《は》がされ、ヒビの入った〝核〟は、修繕しておいた。とはいえ、まだまだ不安定だ。それは小さなきっかけで再び壊れてしまう恐れがある。肝に銘じておけ」

「わかっておりますよ」

僕は部屋を見渡す。

　ここは白い襖《ふすま》に囲われた小さな畳の間。場所は……

「ここは、北西……文門《ぶんもん》の地《ち》ですか」

「ああ。したたかだが守りの堅い文門狸《ぶんもんたぬき》どもに、お前を匿《かくま》ってもらっている。私は今から、お前の花嫁を迎えに行くよ」

　その言葉に、分かりやすい反応をしてしまった。

　好き勝手に流していた視線を、再び黄金童子様に向ける。

「……葵《あおい》を、迎えに？」

「ああ。あの娘、お前を取り戻す為に妖都《ようと》の宮中にまで忍びこんだと思ったら、北の地の雪山で遭難しかけたり……。ふふ。何度死にかけたかわからない。刹、お前が自らの命を削ってまで、あの娘の呪いを解いたというのにね。助けた甲斐《かい》もない」

「…………」

　僕は一度目を閉じ、葵の姿や顔を思い出す。

　葵。史郎《しろう》の借金のかたに、天神屋へと攫《さら》ってきた、僕の花嫁。

　人としての弱さと脆《もろ》さを持っていながら、あやかしには捉《とら》えきれないような一瞬を見出《みいだ》し、それを大切にしながら、眩《まばゆ》く輝く。そんな娘だ。

　妖都で一度だけ彼女と会った気がする。あの時はもう、僕としての意識もあまり残っておらず、しっかりと覚えがあるわけではないが。

あの時、葵は僕に、なんと言っていたっけ。

「あの娘に、会いたいかい？　刹」

黄金童子様の問いかけで、ゆっくりと目を開けると、彼女を探るように睨《にら》みつけた。

「そう睨むな。別にからかっているわけではない。ただ、お前をそんな顔にさせる娘が現れたのだなと思ってね」

「嬉《うれ》しそうではないですか、黄金童子様。葵はあなたのお眼鏡にかないそうですか？」

「ふふ……そうだな。まあ、もう少し見極めたいと思う。とはいえ、あの娘はまるで史郎のようだ。なりゆきは違うが、この隠世《かくりよ》を闊歩《かっぽ》し、あやかしたちを翻弄《ほんろう》する。無茶ばかりしているところも似ているな」

「……史郎、か」

津場木《つばき》史郎。

隠世で出会い、あの男が死ぬまでずっと、僕らは相容《あいい》れない存在でありながら、お互い同族のような感覚だけがあった。

あいつは僕に、ただ一つだけ頼みごとをしたことがある。

それは……

「お前と史郎の約束が果たされる時は、近い」

黄金童子様は、どこでもない一点を見つめて、そう囁《ささや》いた。

そして金色の刺繍《ししゅう》が施された座布団に座ったまま、隣に置いていた手鞠《てまり》を持ち上げ、

「長く寝ていたから、お腹が空《す》いただろう。これでもお食べ」

パカッと真っ二つに開いて、中からどら焼きを取り出した。

大湖《だいこ》串製菓《くしせいか》のどら焼き、黄金童子様の好物の一つだ。

それを僕の前に置く。

「お前の好物でなくて悪いけれど」

「……いえ、どら焼きも嫌いじゃないですよ。幼き頃、あなたによく頂きましたから。しかし大湖串製菓のものとは皮肉が効いていますね」

「仕方なかろう。私はここのが大好物だ」

確かに腹は減っている。

空腹は霊力の枯渇を意味し、それはあやかしの死に直結する。遠慮なくいただく。

まあ、こういう時にこそ葵の手料理が食えたなら……十二分に身も心も満たされたのであろうが。

「そうそう……」

彼女は、どら焼きを頬張る僕に向かって一つの新聞を投げた。妖都の新聞だ。

「それでも読みながら、ここで待っておれ」

黄金童子は襖を開けて、金の花々の咲く庭園に降り、揺らぎの中に消えていった。

相変わらず、面妖《めんよう》な術をお使いになる。

僕はどら焼きをすっかり食べてしまうと、新聞に目を通す。

『天神屋の大旦那《おおだんな》は忌むべき邪鬼』

『鬼神とは嘘八百、狙いは妖王の座か』

『八葉《はちよう》制度に疑問の声』

そこには、僕が憎むべき邪鬼である旨と、それに伴うデタラメや隠世の事情が、厳しい言葉で書き連ねられていた。

ああ、わかっていたとも。

こうなることくらい。

だけど、胸に響く言葉は一つもないな。僕が邪鬼であることなど、一度この隠世の者たちに封じられた時に、嫌というほど思い知っている。

しかし……葵はどう思っただろう。

僕を取り戻すために、無理をしていると聞いたが。

「…………」

僕は手のひらの上に鬼火を呼び、その新聞を燃やし尽くす。

そして、熱を帯びた手で、偽りで守られた自分の〝心〟を抑え込む。
さあ……僕もそろそろ、動こうか。

「葵、もうすぐ会えるよ」

史郎との約束。
そして、幼かった君との約束。
僕が今後どうなろうとも、必ず守ってみせる。

あとがき

こんにちは、友麻碧《ゆうまみどり》です。

かくりよの宿飯第八巻をお手に取っていただき、誠にありがとうございました。

八巻が皆様のお手に届いている頃には、きっとかくりよの宿飯のTVアニメも始まっていることでしょう。こちらのあとがきを書いているのは、アニメが始まるちょうどひと月前くらいですので、友麻はとてもドキドキしております。

アニメも新刊も、どちらも楽しんでいただけたら嬉《うれ》しいです！

さて。こちらの巻は北国のお話でした。

友麻は九州の人間ですので、雪国を実際に体験したことはありません。

寒いのは苦手です。冬はおうちから出たくありません。おこたでぬくぬくしながらアイスを食べるのが一番美味《おい》しい……

というわけで、唐突に新年会で秋田料理店に行った時のお話をします。

かまくらを模した個室にて、きりたんぽ鍋《なべ》をいただくお店です。新年会で友人がセッティングしてくれたこのお店、私は夜にもかかわらず昼寝しすぎて寝坊して行きました。かまくらの個室で秋田料理のいぶりがっこやハタハタの素揚げなどに舌鼓を打っていたところ、なんと勢いよく〝なまはげ〟襲来。秋田といえば大きな鬼の面と蓑《みの》の衣装が特徴のなまはげ。なるほど、なまはげが各部屋を巡るサービスのあるお店だったのですね。「わるいごはいねが〜」のお決まりの文句で私たちを脅かすのですが、友人たちが「こいつ遅刻してきた」と私を指差すものですから、私がしばらくなまはげさんに叱られるという構図に。

いや、でもこれがとても面白かったのですね。秋田のなまはげさんに罵《のの》しられるのも悪くないものです。最後は美味しいきりたんぽ鍋とお米のアイスでほっこり。楽しい新年会となりました。

作中にもきりたんぽ鍋が出てきますが、私はこのお鍋が大好きです。良く焼いたたんぽをお鍋で煮込むと、びっくりするほど柔らかくなり、優しい味のお出汁《だし》を吸って美味しくなります。なんだか自分で書きながら、お腹が空《す》いてきたり……

そうそう。また唐突に話が変わりますが、私、こちらを執筆中にいちご狩りに行ってきました。今回、作中にいちごがたくさん出てきていますね。

九州のいちご農園に行きまして、数種類のいちごを食べ比べしてみました。

あまおう、さちのか、とよのか、さがほのか、アスカルビー、紅ほっぺ、章姫《あきひめ》……いちごにも色々ありますよね。

いつも同じ種類のものをパック買いするので、味の違いを考えることもほとんどないのですが、こうやって食べ比べすることができると、やはり品種の違ういちごは随分と味が違うのだな～と面白く思いました。

個人的に、一番お気に入りだったのは章姫という品種です。細長い形が特徴的で、酸味が少なく食べやすかったですね。冬でしたがビニールハウスの中でお日様の光をたっぷり蓄え、生温かくて甘ーいいちご……摘みたてが何と言っても美味しいのだな～。

年に一度は行きたいものです、いちご狩り。

担当編集様。かくりよアニメも始まり、ますますお世話になっております。私もいつもギリギリでやっているのでたくさんご迷惑をおかけしておりますが、なんとかこの山場を乗り切りたいと思っておりますので、今後ともよろしくお願いいたします。

イラストレーターのLaruha様。今回の表紙は、たくさんのかわいいものに溢《あふ》れていてとても素敵です。特に大旦那《おおだんな》様の雪だるまに私は目を奪われてしまいます。

ああ……いよいよ大旦那様……雪だるまになっちまったんだな……と。

今まさにアニメ関連でお忙しくしていらっしゃると思いますが、個人的にLaruhaさんのイラストをたくさん見られるとあってワクワクしているところです。今後ともどうぞよろしくお願いいたします！

　そして読者の皆様。

　改めまして、かくりよの宿飯がアニメ化に漕《こ》ぎ着けましたのも、皆様の応援のおかげでございます。最近よくよく感じるのは、この作品を好きと言ってくださる方々の熱量といいますか、愛情といいますか……本当に、多くの出会いに恵まれた作品と思っております。

TVアニメはありがたいことに2クールでして、次の巻が出る頃にはアニメもちょうど終盤かと思います。

　そして、次巻は長らくお待たせしました大旦那様という感じでして、本名も明かされた彼の活躍をどうぞご期待ください。葵《あおい》と大旦那様の約束の物語も、本筋に入っていくかと思われます。


　ではでは、第九巻は初秋の発売となる予定です。

　どうぞよろしくお願いいたします。

友麻碧

お便りはこちらまで

〒一〇二—八五八四
富士見L文庫編集部　気付
友麻碧（様）宛
Ｌａｒｕｈａ（様）宛

富士見Ｌ文庫

かくりよの宿飯《やどめし》　八

あやかしお宿《やど》が町《まち》おこしします。

友麻《ゆうま》 碧《みどり》

2018年４月15日　初版発行
2025年１月30日　25版発行

発行者　山下直久
発　行　株式会社 KADOKAWA
〒102-8177　東京都千代田区富士見2-13-3
電話　0570-002-301（ナビダイヤル）

印刷所　株式会社 KADOKAWA
製本所　株式会社 KADOKAWA
装丁者　西村弘美

定価はカバーに表示してあります。　◆◇◇

●お問い合わせ
https://www.kadokawa.co.jp/（「お問い合わせ」へお進みください）
※内容によっては、お答えできない場合があります。
※サポートは日本国内のみとさせていただきます。
※Japanese text only

ISBN 978-4-04-072675-5 C0193

ぼんくら陰陽師の鬼嫁

著／秋田みやび　イラスト／しのとうこ

ふしぎ事件では旦那を支え、
家では小憎い姑と戦う!?　退魔お仕事仮嫁語！

やむなき事情で住処をなくした野崎芹は、生活のために通りすがりの陰陽師(!?) 北御門皇臥と契約結婚をした。ところが皇臥はかわいい亀や虎の式神を連れているものの、不思議な力は皆無のぼんくら陰陽師で……!?

【シリーズ既刊】1～3巻

富士見L文庫

おいしいベランダ。

著／竹岡葉月　イラスト／おかざきおか

ベランダ菜園&クッキングで繋がる、
園芸ライフ・ラブストーリー！

進学を機に一人暮らしを始めた栗坂まもりは、お隣のイケメンサラリーマン亜潟葉二にあこがれていたが、ひょんなことからその真の姿を知る。彼はベランダを鉢植えであふれさせ、植物を育てては食す園芸男子で……!?

【シリーズ既刊】1〜4巻

富士見L文庫

寺嫁さんのおもてなし

著／華藤えれな　イラスト／加々見絵里

疲れた時は和カフェにお立ち寄りください。
“癒やし”あります。

前世の因縁で突然あやかしになった真白。人に戻る方法を探すため、龍の化身という僧侶・龍成の許嫁として生活することに。だがそこには助けを求めるあやかしが集まっており、あやかしに自分の境遇を重ねた真白は……。

【シリーズ既刊】1～2巻

富士見L文庫